Das Rätsel eines Tages

Das Rätsel eines Tages
und andere surreale Geschichten

Thommie Bayer
Paul Brodowsky
Tanja Dückers
Franz Kafka
Sibylle Lewitscharoff
Michel Mettler
Joachim Zelter

Inhalt

Vorwort   7

Franz Kafka   Die Sorge des Hausvaters   9

Paul Brodowsky   Im Treppenhaus   12

Franz Kafka   Blumfeld, ein älterer Junggeselle   20

Michel Mettler   Hermann Mehrstædts Gleichheit
                der Dinge   55

Sibylle Lewitscharoff   Koagulierter Rubin   65

Tanja Dückers   Das Rätsel eines Tages   73

Joachim Zelter   Die schwierigste Sprache der Welt   89

Thommie Bayer   Alles ist besser als Detlev   104

Biografien   119

Vorwort

Irreal, surreal, absurd, abstrus – so bezeichnen wir oft Situationen, die uns im Täglichen widerfahren, bei denen Dinge zusammenkommen, die nicht zusammengehören. Mit dieser Welt sind wir vertrauter, als unser wacher Verstand immer zugeben mag, denn wir kennen sie aus unseren Träumen, der Spielwiese des Unbewussten. Und nach Freud ist kein Traum mehr harmlos. Das Unbewusste, der Traum waren für die Surrealisten eine wahre Fundgrube, in der sie für ihre Kunst zahlreiche Motive und Phantasmen entdeckten. Doch auch die Dadaisten spielten schon mit dem Absurden. Gegenstände des täglichen Gebrauchs wurden durch die Signatur eines Künstler zu Kunst erhoben oder durch kleine Veränderungen in einen neuen Kontext gestellt.

Anlass und Anregung der vorliegenden Anthologie waren die Ausstellung *Surreale Dinge – Skulpturen und Objekte von Man Ray bis Dalí*, die von der Schirn Kunsthalle Frankfurt organisiert wurde, sowie eine kleine Geschichte von Franz Kafka, *Sorge des Hausvaters*, die zum Thema der Ausstellung haargenau zu passen scheint. Die Autorinnen und Autoren haben diesen Bezug hergestellt oder auch nicht, wie es ihr Unbewusstes, ihre Träume und ihre Fantasie zuließen. Sie entführen uns in Kafkas Treppenhaus, in eine Junggesellenwohnung, auf einen Teller, in ein Café, in ein Bild von Giorgio de Chirico, nach Amerika und nach Berlin. Tauchen Sie ein in diese Welten und gehen Sie selbst auf die Suche nach dem Surrealen im Alltag.

Fünf Geschichten sind im Auftrag für dieses Büchlein entstanden und werden hier erstmals veröffentlicht. Ich danke sehr herzlich Thommie Bayer, Paul Brodowsky, Tanja Dückers, Sibylle Lewitscharoff und Michel Mettler für ihre schönen Texte und für ihre Kooperation. Joachim Zelter danke ich dafür, dass wir einen Auszug aus seinem Roman *Briefe aus Amerika* abdrucken durften. Was Franz Kafka angeht, nun ja, da danke ich posthum Max Brod, dass er sich Kafkas Wunsch, seinen Nachlass zu vernichten, widersetzt hat, sonst hätten wir nie erfahren, wie man mit springenden Bällen, die einen verfolgen, umgeht.

Karin Osbahr

Franz Kafka Die Sorge des Hausvaters

Die einen sagen, das Wort Odradek stamme aus dem Slawischen und sie suchen aufgrund dessen die Bildung des Wortes nachzuweisen. Andere wieder meinen, es stamme aus dem Deutschen, vom Slawischen sei es nur beeinflusst. Die Unsicherheit beider Deutungen aber lässt wohl mit Recht darauf schließen, dass keine zutrifft, zumal man auch mit keiner von ihnen einen Sinn des Wortes finden kann.

Natürlich würde sich niemand mit solchen Studien beschäftigen, wenn es nicht wirklich ein Wesen gäbe, das Odradek heißt. Es sieht zunächst aus wie eine flache sternartige Zwirnspule, und tatsächlich scheint es auch mit Zwirn bezogen; allerdings dürften es nur abgerissene, alte, aneinandergeknotete, aber auch ineinanderverfitzte Zwirnstücke von verschiedenster Art und Farbe sein. Es ist aber nicht nur eine Spule, sondern aus der Mitte des Sternes kommt ein kleines Querstäbchen hervor und an dieses Stäbchen fügt sich dann im rechten Winkel noch eines. Mithilfe dieses letzteren Stäbchens auf der einen Seite und einer der Ausstrahlungen des Sternes auf der anderen Seite kann das Ganze wie auf zwei Beinen aufrecht stehen.

Man wäre versucht zu glauben, dieses Gebilde hätte früher irgendeine zweckmäßige Form gehabt und jetzt sei es nur zerbrochen. Dies scheint aber nicht der Fall zu sein; wenigstens findet sich kein Anzeichen dafür; nirgends sind Ansätze oder Bruchstellen zu sehen, die auf etwas Derartiges hinweisen würden; das Ganze erscheint zwar sinnlos, aber in seiner Art abgeschlossen. Näheres lässt sich übrigens nicht darüber sagen, da Odradek außerordentlich beweglich und nicht zu fangen ist.

Er hält sich abwechselnd auf dem Dachboden, im Treppenhaus, auf den Gängen, im Flur auf. Manchmal ist er monatelang nicht zu sehen; da ist er wohl in andere Häuser übersiedelt; doch kehrt er dann unweigerlich wieder in unser Haus zurück. Manchmal, wenn man aus der Tür tritt und er lehnt gerade unten am Treppengeländer, hat man Lust, ihn anzusprechen. Natürlich stellt man an ihn keine schwierigen Fragen, sondern behandelt ihn – schon seine Winzigkeit verführt dazu – wie ein Kind. »Wie heißt du denn?« fragt man ihn. »Odradek«, sagt er. »Und wo wohnst du?« »Unbestimmter Wohnsitz«, sagt er und lacht; es ist aber nur ein Lachen, wie man es ohne Lungen hervorbringen kann. Es klingt etwa so, wie das Rascheln in gefallenen Blättern. Damit ist die Unterhaltung meist zu Ende. Übrigens sind selbst diese Antworten nicht immer zu erhalten; oft ist er lange stumm, wie das Holz, das er zu sein scheint.

Vergeblich frage ich mich, was mit ihm geschehen wird. Kann er denn sterben? Alles, was stirbt, hat vorher eine Art

Ziel, eine Art Tätigkeit gehabt und daran hat es sich zerrieben; das trifft bei Odradek nicht zu. Sollte er also einstmals etwa noch vor den Füßen meiner Kinder und Kindeskinder mit nachschleifendem Zwirnsfaden die Treppe hinunterkollern? Er schadet ja offenbar niemandem; aber die Vorstellung, dass er mich auch noch überleben sollte, ist mir eine fast schmerzliche.

(1917)

Paul Brodowsky Im Treppenhaus

1

Ich wohne jetzt im Treppenhaus. Die Treppen und Gänge des Hauses sind vielfach verzweigt. Um den anderen Bewohnern nicht lästig zu erscheinen, habe ich mir Verschiedenes zurechtgelegt. Ich erledige kleinere Reparaturen, trage die Hauspost aus und mache Botengänge. Manchmal bekomme ich für meine Arbeiten von den freundlichen Bewohnern etwas zugesteckt, ein Büschel Rauke, einen Müsliriegel, einmal ein halbes Glas Erdnussöl. Die Treppenhäuser geputzt habe ich schon, als ich noch in der Dachwohnung lebte; und putzen ist immer noch praktisch: In der gebückten Haltung gerate ich weniger in den Blick. Wann immer an meinem Zeug etwas zu flicken ist, nähe ich mit grauen Zwirnen. Meine Kleider nehmen so mit jedem Riss und jeder Scheuernaht mehr die Farben der Wand an. Früher war ich für die Instandhaltung der Etagenheizungen zuständig; seitdem Fernwärme verlegt wurde, hat der Hausvater, da die Heizdienste obsolet geworden waren, für meine Mansarde einen Mietzins verlangt, sodass ich mich wohl oder übel nach dem Abverkauf der meisten meiner Habseligkeiten auf das Treppenhaus verlegen musste.

2

Ich schlafe auf den Stufen. Selten bin ich so müde, dass ich nicht rechtzeitig erwache, wenn spät nachts einer der Bewohner heimkommt. Mein Ohr ist für das Knarzen der Stufen empfindlich wie das Gehör einer jungen Mutter für das Weinen ihres Kindes. Ich schrecke still auf, ziehe meine über die Kanten gelegten Kissen zusammen, laufe die Stufen hoch bis zum nächsten Treppenabsatz und beuge mich vor, nachdem ich den Eimer mit dem Putzwasser neben mich gestellt habe. Inzwischen kann ich die Bewohner an ihrem Tritt auf den Treppen unterscheiden, der leichte, manchmal stöckelnde Gang der jungen Frauen; ganz anders das bedächtige Auftreten der älteren Mieter; besonders Obacht gebe ich auf die klöternden Schritte des Hausvaters. Zwei Mal bin ich ihm seit meinem Umzug begegnet; seitdem zähle ich ihn zu den weniger freundlichen Bewohnern.

3

Meine Mutter, sagt man, sei eine polnische Kraftfahrzeugmechanikerin gewesen, ohne Aufenthaltserlaubnis; sie habe das Haus wenige Monate nach meiner Geburt verlassen. Schon früh lernte ich kein Mitleid zu erregen und zugleich wortlos und sachlich auf die dringlicheren meiner Mängellagen aufmerksam zu machen.

4

Ich liege auf den Treppen und weiß: In einer der Wohnungen lebt die Nachtstudentin. Wenn sie an mir vorbeiläuft, scheint sie mich nicht zu kennen, sie grüßt nicht, senkt nicht den Blick, tippt mit spitzen Nägeln in ihr Telefon. Die Nachtstudentin schläft lang und malt jeden Nachmittag dünne, kohlenschwarze Ringe um ihre Augen; sie trägt kastanienbraunes, langes Haar und umhüllt sich allabendlich mit einer anderen Garderobe. In ihrer Wohnung leben mehrere Pelztiere, die sie nie ausführt. Wenn ich die Nachtstudentin aufsuche, sitzt sie traurig da und streicht stundenlang über die Felle der Tiere. Odradek, sagt sie leise, Odradek, Odradek, das wird nichts mit uns. Ich weiß das, und dennoch kann ich von meinen Besuchen nicht absehen. Meist komme ich abends, die Nachtstudentin steht vor dem Spiegel in silbernen Kimonos oder holländischen Hauben, ich sehe weg und füttere die verwahrlosten Pelztiere mit Nüsschen. Nimm deine Tiere mit, ruft sie mir aus dem Bad zu. Und: Du kannst hier schlafen, solange ich studieren bin. Jetzt ist sie zurück, ich liege auf den Treppen, die Pelztiere schauen mir aus dem Kragen.

5

Ich kann mich nicht erinnern, wann ich das letzte Mal draußen gewesen bin. Bäume kenne ich nur von den Treppenfenstern zum Hof (dort stehen zwei Kastanien, beinahe ein kleiner Wald) oder von den kurzen Momenten, in denen eine Wohnungstür und die Türen im Innern einer Wohnung zur Straßenseite gleichzeitig offengestanden sind und ich durch ein zufälliges Vorbeihuschen einen Blick nach draußen auf den baumbestandenen Platz, die Autos, Busse und lindgrünen Poster werfen konnte. Ob ich jemals in einem Taxi gewesen bin, in einem Amt oder an einem Flughafen, kann ich nicht mit Sicherheit sagen. Ich kenne diese Orte gut, aber weiß nicht mehr zu unterscheiden, ob aus eigener Anschauung oder durch die Erzählungen anderer: Der Hausvater ist täglich draußen, die Nachtstudentin fast ebenso oft, nur eben wenn es dunkel ist.

6

Zwei Söhne des Hausvaters sind Informatiker. Sie leben mit ihren Geräten in einer der Wohnungen zur Straße, sie haben Leitungen durch das Treppenhaus gelegt. Wenn ich sie treffe, grüßen sie bleich und freundlich. Hinter den Türen hört man das Gebläse ihrer Rechenmaschinen. Am schwachen Lichtschein unter den Türen kann ich sehen, dass sie vor allem nachts und morgens arbeiten. Der Hausvater, ein guter Freund von mir, ist verstimmt, dass sie kaum rausgehen. Enkel seien so keine zu erwarten.

7

Irgendwann werde ich das Haus verlassen. Wahrscheinlich sogar gemeinsam mit der Nachtstudentin, noch ist sie sehr pessimistisch, das macht ihr junges Blut. Seit Kurzem trägt sie überwiegend schwarze, hochgeschlossene Oberteile, sie arbeitet jetzt tags und kann demnach kaum mehr als Nachtstudentin durchgehen, wenngleich sie für ihre Arbeit kaum entlohnt wird – auch darin sind wir uns ähnlich. Sobald sie etwas ruhiger geworden ist, könnten wir anfangen, nach einer gemeinsamen Wohnung zu suchen.

8

Was noch vor wenigen Jahren undenkbar gewesen wäre: Seit einiger Zeit teile ich die Gänge mit Hunden. Sie müssen sich über einen der Höfe Zutritt verschafft haben. Sie bellen nie, und man bekommt sie selten zu Gesicht, aber manchmal kann man ihr rasches Atmen hören, ihre hastigen Schritte auf den Treppen. Man sagt, dass sie im Keller oder in einer der aufgelassenen Erdgeschosswohnungen einen Unterschlupf haben. Manchmal vermute ich sie auch in den früheren Mansarden; seit das Dach undicht ist, wird außer von mir nur noch unregelmäßig kontrolliert.

9

Obwohl ich schon viele Jahre in diesem Haus lebe, kenne ich weite Teile kaum. Ohnehin habe ich das Haus nie von außen gesehen, oder wenn, so wahrscheinlich nur auf Fotografien. Aber auch im Innern sind es die immergleichen Wege, die ich belaufe, das blanke Linol zeugt von diesen Pfaden. Einige der Wohnungen habe ich gelegentlich auf Einladung seiner Besitzer besucht, andere stünden mir jetzt offen, da seine Bewohner ausgezogen sind. Dennoch meide ich diese Bereiche; man findet sich darin nur schwer zurecht; fraglich, ob man bei den weißgetünchten, leeren Räume überhaupt von einer Wohnung sprechen kann. Einmal bin ich in eine der noch belebten, zum Hof liegenden Gelasse eingedrungen, vormittags, es war Mai. Im Innern roch es säuerlich, nach Schlaf und alter Wäsche.

10

Die Söhne des Hausvaters sind dick geworden. Wenn sie die Treppen steigen, um ihren Vater zu besuchen, kann man ihre Lungen knistern hören. Sobald sie das Haus betreten, zieht der Geruch kalten Zigarettenrauchs durch die Treppen bis unter das Dach. Ich grüße freundlich, sie grüßen zurück und werfen mir manchmal Minzschokoladenstücke oder halbgeleerte, papierne Milchkaffeebecher zu. Ich lüfte nach ihrem Abgang. Ihr schönes, leicht welliges Haar tragen sie beide noch immer schulterlang und offen, obwohl der ältere bereits einen leichten Silberstich zeigt.

11

Dass ich mich weiterhin schmal mache, geschieht nur noch aus Gewohnheit. Leicht könnte ich mich von den Treppen auf einen der leeren Räume verlegen. Von den früheren Mietern sind die meisten längst ausgezogen, erst kommen die Stockflecken, dann die Pilze; die Stuckreißer und Holztrompeten sind nach reichlichem Abkochen genießbar. Wenn Wind geht, schlagen die verbliebenen Türen. Auch die Nachtstudentin verließ irgendwann das Haus: grußlos und endgültig. Vor einigen Wochen trug ich gemeinsam mit seinen strickmützentragenden, ständig telefonierenden Enkeln den Hausvater hinaus, die Füße voran. Er hatte sich für seine letzen Jahre im Hochparterre eingerichtet, Elektrobrenner und Kalkseifen an seinem Rand. Inzwischen haben die Enkel auch aus seiner Wohnung die Zinkrohre und Kupferleitungen geklopft.

12

Ich schlafe mehr als früher. Dort, wo mein Hinterkopf zu liegen kommt, hat sich im Linol eine flache Kuhle gebildet, sodass ich hoffen darf, bald ganz in dem Treppenhaus aufgehen zu können. Meine Haut ist ledrig und bleich geworden, heller noch als der Teint der Enkel. Manchmal träume ich jetzt von den zartrosa Zungen der Hunde, die mehr und mehr des Hauses in Beschlag genommen haben. Zur Vorsicht habe ich meinen Teil des Treppenabsatzes mit Klingeldraht und Netzwerkkabeln gesichert. Allein, es scheint nicht zu helfen: Wenn ich erwache, klebt Morgen für Morgen ein dünner Film an Wangen und Händen.

Franz Kafka Blumfeld,
ein älterer Junggeselle

Blumfeld, ein älterer Junggeselle, stieg eines abends zu seiner Wohnung hinauf, was eine mühselige Arbeit war, denn er wohnte im sechsten Stock. Während des Hinaufsteigens dachte er, wie öfters in der letzten Zeit, daran, dass dieses vollständig einsame Leben recht lästig sei, dass er jetzt diese sechs Stockwerke förmlich im Geheimen hinaufsteigen müsse, um oben in seinen leeren Zimmern anzukommen, dort wieder förmlich im Geheimen den Schlafrock anzuziehn, die Pfeife anzustecken, in der französischen Zeitschrift, die er schon seit Jahren abonniert hatte, ein wenig zu lesen, dazu an einem von ihm selbst bereiteten Kirschenschnaps zu nippen und schließlich nach einer halben Stunde zu Bett zu gehn, nicht ohne vorher das Bettzeug vollständig umordnen zu müssen, das die jeder Belehrung unzugängliche Bedienerin immer nach ihrer Laune hinwarf. Irgendein Begleiter, irgendein Zuschauer für diese Tätigkeiten wäre Blumfeld sehr willkommen gewesen. Er hatte schon überlegt, ob er sich nicht einen kleinen Hund anschaffen solle. Ein solches Tier ist lustig und vor allem dankbar und treu; ein Kollege von Blumfeld hat einen solchen Hund, er schließt sich niemandem an, außer seinem Herrn, und hat er ihn ein paar Augenblicke nicht gesehn, empfängt er ihn gleich mit großem Bellen, womit er offenbar seine Freude darüber ausdrücken will, seinen Herrn, diesen außerordentlichen Wohltäter, wieder gefunden zu haben. Allerdings hat ein Hund auch Nachteile. Selbst wenn er noch so reinlich gehalten wird, verunreinigt er das Zimmer. Das ist gar nicht zu vermeiden, man kann ihn nicht jedesmal, ehe man ihn ins Zimmer hineinnimmt, in heißem Wasser baden, auch würde das seine Gesundheit nicht vertragen. Unreinlichkeit in seinem Zimmer aber verträgt wieder Blumfeld nicht, die Reinheit seines Zimmers ist ihm etwas Unentbehrliches, mehrmals in der Woche hat er mit der in diesem Punkte leider nicht sehr peinlichen Bedienerin Streit. Da sie schwerhörig ist, zieht er sie gewöhnlich am Arm zu jenen Stellen des Zimmers, wo er an der Reinlichkeit etwas auszusetzen hat. Durch diese Strenge hat er es erreicht, dass die Ordnung im Zimmer annähernd seinen Wünschen entspricht. Mit der Einführung eines Hundes würde er aber geradezu den bisher so sorgfältig abgewehrten Schmutz freiwillig in sein Zimmer leiten. Flöhe, die ständigen Begleiter der Hunde, würden sich einstellen. Waren aber einmal Flöhe da, dann war auch der Augenblick nicht mehr fern, an dem Blumfeld sein behagliches Zimmer dem Hund überlassen und ein anderes Zimmer suchen würde. Unreinlichkeit war aber nur *ein* Nachteil der Hunde. Hunde werden auch krank, und Hundekrankheiten versteht doch eigentlich niemand. Dann hockt dieses Tier in einem Winkel oder hinkt herum, winselt, hüstelt, würgt an irgendeinem

Schmerz, man umwickelt es mit einer Decke, pfeift ihm etwas vor, schiebt ihm Milch hin, kurz, pflegt es in der Hoffnung, dass es sich, wie es ja auch möglich ist, um ein vorübergehendes Leiden handelt, indessen aber kann es eine ernsthafte, widerliche und ansteckende Krankheit sein. Und selbst wenn der Hund gesund bleibt, so wird er doch später einmal alt, man hat sich nicht entschließen können, das treue Tier rechtzeitig wegzugeben, und es kommt dann die Zeit, wo einen das eigene Alter aus den tränenden Hundeaugen anschaut. Dann muss man sich aber mit dem halbblinden, lungenschwachen, vor Fett fast unbeweglichen Tier quälen und damit die Freuden, die der Hund früher gemacht hat, teuer bezahlen. So gern Blumfeld einen Hund jetzt hätte, so will er doch lieber noch dreißig Jahre allein die Treppe hinaufsteigen, statt später von einem solchen alten Hund belästigt zu werden, der, noch lauter seufzend als er selbst, sich neben ihm von Stufe zu Stufe hinaufschleppt.

So wird also Blumfeld doch allein bleiben, er hat nicht etwa die Gelüste einer alten Jungfer, die irgendein untergeordnetes lebendiges Wesen in ihrer Nähe haben will, das sie beschützen darf, mit dem sie zärtlich sein kann, welches sie immerfort bedienen will, sodass ihr also zu diesem Zweck eine Katze, ein Kanarienvogel oder selbst Goldfische genügen. Und kann es das nicht sein, so ist sie sogar mit Blumen vor dem Fenster zufrieden. Blumfeld dagegen will nur einen Begleiter haben, ein Tier, um das er sich nicht viel kümmern muss, dem ein gelegentlicher Fußtritt nicht schadet, das im Notfall auch auf der Gasse übernachten kann, das aber, wenn es Blumfeld danach verlangt, gleich mit Bellen, Springen, Händelecken zur Verfügung steht. Etwas derartiges will Blumfeld, da er es aber, wie er einsieht, ohne allzu große Nachteile nicht haben kann, so verzichtet er darauf, kommt aber seiner gründlichen Natur entsprechend von Zeit zu Zeit, zum Beispiel an diesem Abend, wieder auf die gleichen Gedanken zurück.

Als er oben vor seiner Zimmertür den Schlüssel aus der Tasche holt, fällt ihm ein Geräusch auf, das aus seinem Zimmer kommt. Ein eigentümliches klapperndes Geräusch, sehr lebhaft, aber sehr regelmäßig. Da Blumfeld gerade an Hunde gedacht hat, erinnert es ihn an das Geräusch, das Pfoten hervorbringen, wenn sie abwechselnd auf den Boden schlagen. Aber Pfoten klappern nicht, es sind nicht Pfoten. Er schließt eilig die Tür auf und dreht das elektrische Licht auf. Auf diesen Anblick war er nicht vorbereitet. Das ist ja Zauberei, zwei kleine, weiße blaugestreifte Zelluloidbälle springen auf dem Parkett nebeneinander auf und ab, schlägt der eine auf den Boden, ist der andere in der Höhe, und unermüdlich führen sie ihr Spiel aus. Einmal im Gymnasium hat Blumfeld bei einem bekannten elektrischen Experiment kleine Kügelchen ähnlich springen sehn, diese aber sind verhältnismäßig große Bälle, springen im freien Zimmer, und es wird kein elektrisches Experiment angestellt. Blumfeld bückt sich zu ihnen hinab, um sie genauer anzusehen. Es sind ohne Zweifel gewöhnliche Bälle, sie enthalten wahrscheinlich in ihrem Innern noch einige kleinere Bälle und diese erzeugen das klappernde Geräusch.

Blumfeld greift in die Luft, um festzustellen, ob sie nicht etwa an irgendwelchen Fäden hängen, nein, sie bewegen sich ganz selbstständig. Schade, dass Blumfeld nicht ein kleines Kind ist, zwei solche Bälle wären für ihn eine freudige Überraschung gewesen, während jetzt das Ganze einen mehr unangenehmen Eindruck auf ihn macht. Es ist doch nicht ganz wertlos, als ein unbeachteter Junggeselle nur im Geheimen zu leben, jetzt hat irgendjemand, gleichgültig wer, dieses Geheimnis gelüftet und ihm diese zwei komischen Bälle hereingeschickt.

Er will einen fassen, aber sie weichen vor ihm zurück und locken ihn im Zimmer hinter sich her. Es ist doch zu dumm, denkt er, so hinter den Bällen herzulaufen, bleibt stehen und sieht ihnen nach, wie sie, da die Verfolgung aufgegeben scheint, auch auf der gleichen Stelle bleiben. Ich werde sie aber doch zu fangen suchen, denkt er dann wieder und eilt zu ihnen. Sofort flüchten sie sich, aber Blumfeld drängt sie mit auseinandergestellten Beinen in eine Zimmerecke, und vor dem Koffer, der dort steht, gelingt es ihm, einen Ball zu fangen. Es ist ein kühler, kleiner Ball und dreht sich in seiner Hand, offenbar begierig zu entschlüpfen. Und auch der andere Ball, als sehe er die Not seines Kameraden, springt höher als früher, und dehnt die Sprünge, bis er Blumfelds Hand berührt. Er schlägt gegen die Hand, schlägt in immer schnelleren Sprüngen, ändert die Angriffspunkte, springt dann, da er gegen die Hand, die den Ball ganz umschließt, nichts ausrichten kann, noch höher und will wahrscheinlich Blumfelds Gesicht erreichen. Blumfeld könnte auch diesen Ball fangen und beide irgendwo einsperren, aber es scheint ihm im Augenblick zu entwürdigend, solche Maßnahmen gegen zwei kleine Bälle zu ergreifen. Es ist doch auch ein Spaß, zwei solche Bälle zu besitzen, auch werden sie bald genug müde werden, unter einen Schrank rollen und Ruhe geben. Trotz dieser Überlegung schleudert aber Blumfeld in einer Art Zorn den Ball zu Boden, es ist ein Wunder, dass hiebei die schwache, fast durchsichtige Zelluloidhülle nicht zerbricht. Ohne Übergang nehmen die zwei Bälle ihre frühern niedrigen, gegenseitig abgestimmten Sprünge wieder auf.

Blumfeld entkleidet sich ruhig, ordnet die Kleider im Kasten, er pflegt immer genau nachzusehn, ob die Bedienerin alles in Ordnung zurückgelassen hat. Ein- oder zweimal schaut er über die Schulter weg nach den Bällen, die unverfolgt jetzt sogar ihn zu verfolgen scheinen, sie sind ihm nachgerückt und springen nun knapp hinter ihm. Blumfeld zieht den Schlafrock an und will zu der gegenüberliegenden Wand, um eine der Pfeifen zu holen, die dort in einem Gestell hängen. Unwillkürlich schlägt er, ehe er sich umdreht, mit einem Fuß nach hinten aus, die Bälle aber verstehen es auszuweichen und werden nicht getroffen. Als er nun um die Pfeife geht, schließen sich ihm die Bälle gleich an, er schlurft mit den Pantoffeln, macht unregelmäßige Schritte, aber doch folgt jedem Auftreten fast ohne Pause ein Aufschlag der Bälle, sie halten mit ihm Schritt. Blumfeld dreht sich unerwartet um, um zu sehn, wie die Bälle das zustande bringen. Aber kaum hat er sich umgedreht, beschreiben die Bälle einen Halbkreis und sind schon wieder hinter ihm, und das wiederholt sich, sooft er sich umdreht. Wie untergeordnete Begleiter, suchen sie es zu vermeiden, vor Blumfeld sich aufzuhalten. Bis jetzt haben sie es scheinbar nur gewagt, um sich ihm vorzustellen, jetzt aber haben sie bereits ihren Dienst angetreten.

Bisher hat Blumfeld immer in allen Ausnahmsfällen, wo seine Kraft nicht hinreichte, um die Lage zu beherrschen, das Aushilfsmittel gewählt, so zu tun, als bemerke er nichts. Es hat oft geholfen und meistens die Lage wenigstens verbessert. Er verhält sich also auch jetzt so, steht vor dem Pfeifengestell, wählt mit aufgestülpten Lippen eine Pfeife, stopft sie besonders gründlich aus dem bereitgestellten Tabaksbeutel und lässt unbekümmert hinter sich die Bälle ihre Sprünge machen. Nur zum Tisch zu gehn zögert er, den Gleichtakt der Sprünge und seiner eigenen Schritte zu hören, schmerzt ihn fast. So steht er, stopft die Pfeife unnötig lange und prüft die Entfernung, die ihn vom Tische trennt. Endlich aber überwindet er seine Schwäche und legt die Strecke unter solchem Fußstampfen zurück, dass er die Bälle gar nicht hört. Als er sitzt, springen sie allerdings hinter seinem Sessel wieder vernehmlich wie früher.

Über dem Tisch ist in Griffnähe an der Wand ein Brett angebracht, auf dem die Flasche mit dem Kirschenschnaps von kleinen Gläschen umgeben steht. Neben ihr liegt ein Stoß von Heften der französischen Zeitschrift. (Gerade heute ist ein neues Heft gekommen und Blumfeld holt es herunter. Den Schnaps vergisst er ganz, er hat selbst das Gefühl, als ob er heute nur aus Trost an seinen gewöhnlichen Beschäftigungen sich nicht hindern ließe, auch ein wirkliches Bedürfnis zu lesen hat er nicht. Er schlägt das Heft, entgegen seiner sonstigen Gewohnheit, Blatt für Blatt sorgfältig zu wenden, an einer beliebigen Stelle auf und findet dort ein großes Bild. Er zwingt sich, es genauer anzusehn. Es stellt die Begegnung zwischen dem Kaiser von Russland und dem Präsidenten von Frankreich dar. Sie findet auf einem Schiff statt. Ringsherum bis in die Ferne sind noch viele andere Schiffe, der Rauch ihrer Schornsteine verflüchtigt sich im hellen Himmel. Beide, der Kaiser und der Präsident, sind eben in langen Schritten einander entgegengeeilt und fassen einander gerade bei der Hand. Hinter dem Kaiser wie hinter dem Präsidenten stehen je zwei Herren. Gegenüber den freudigen Gesichtern des Kaisers und des Präsidenten sind die Gesichter der Begleiter sehr ernst, die Blicke jeder Begleitgruppe vereinigen sich auf ihren Herrscher. Tiefer unten, der Vorgang spielt sich offenbar auf dem höchsten Deck des Schiffes ab, stehen vom Bildrand abgeschnitten lange Reihen salutierender Matrosen. Blumfeld betrachtet allmählich das Bild mit mehr Teilnahme, hält es dann ein wenig entfernt und sieht es so mit blinzelnden Augen an. Er hat immer viel Sinn für solche großartige Szenen gehabt. Dass die Hauptpersonen so unbefangen, herzlich und leichtsinnig einander die Hände drücken, findet er sehr wahrheitsgetreu. Und ebenso richtig ist es, dass die Begleiter – übrigens natürlich sehr hohe Herren, deren Namen unten verzeichnet sind – in ihrer Haltung den Ernst des historischen Augenblicks wahren.)

Franz Kafka

Und statt alles, was er benötigt, herunterzuholen, sitzt Blumfeld still und blickt in den noch immer nicht entzündeten Pfeifenkopf. Er ist auf der Lauer, plötzlich, ganz unerwartet weicht sein Erstarren und er dreht sich in einem Ruck mit dem Sessel um. Aber auch die Bälle sind entsprechend wachsam oder folgen gedankenlos dem sie beherrschenden Gesetz, gleichzeitig mit Blumfelds Umdrehung verändern auch sie ihren Ort und verbergen sich hinter seinem Rücken. Nun sitzt Blumfeld mit dem Rücken zum Tisch, die kalte Pfeife in der Hand. Die Bälle springen jetzt unter dem Tisch und sind, da dort ein Teppich ist, nur wenig zu hören. Das ist ein großer Vorteil, es gibt nur ganz schwache dumpfe Geräusche, man muss sehr aufmerken, um sie mit dem Gehör noch zu erfassen. Blumfeld allerdings ist sehr aufmerksam und hört sie genau. Aber das ist nur jetzt so, in einem Weilchen wird er sie wahrscheinlich gar nicht mehr hören. Dass sie sich auf Teppichen so wenig bemerkbar machen können, scheint Blumfeld eine große Schwäche der Bälle zu sein. Man muss ihnen nur einen oder noch besser zwei Teppiche unterschieben und sie sind fast machtlos. Allerdings nur für eine bestimmte Zeit, und außerdem bedeutet schon ihr Dasein eine gewisse Macht.

Jetzt könnte Blumfeld einen Hund gut brauchen, so ein junges, wildes Tier würde mit den Bällen bald fertig werden; er stellt sich vor, wie dieser Hund mit den Pfoten nach ihnen hascht, wie er sie von ihrem Posten vertreibt, wie er sie kreuz und quer durchs Zimmer jagt und sie schließlich zwischen seine Zähne bekommt. Es ist leicht möglich, dass sich Blumfeld in nächster Zeit einen Hund anschafft.

Vorläufig aber müssen die Bälle nur Blumfeld fürchten, und er hat jetzt keine Lust, sie zu zerstören, vielleicht fehlt es ihm auch nur an Entschlusskraft dazu. Er kommt abends müde aus der Arbeit, und nun, wo er Ruhe nötig hat, wird ihm diese Überraschung bereitet. Er fühlt erst jetzt, wie müde er eigentlich ist. Zerstören wird er ja die Bälle gewiss, und zwar in allernächster Zeit, aber vorläufig nicht und wahrscheinlich erst am nächsten Tag. Wenn man das Ganze unvoreingenommen ansieht, führen sich übrigens die Bälle genügend bescheiden auf. Sie könnten beispielsweise von Zeit zu Zeit vorspringen, sich zeigen und wieder an ihren Ort zurückkehren, oder sie könnten höher springen, um an die Tischplatte zu schlagen und sich für die Dämpfung durch den Teppich so entschädigen. Aber das tun sie nicht, sie wollen Blumfeld nicht unnötig reizen, sie beschränken sich offenbar nur auf das unbedingt Notwendige.

Allerdings genügt auch dieses Notwendige, um Blumfeld den Aufenthalt beim Tisch zu verleiden. Er sitzt erst ein paar Minuten dort und denkt schon daran, schlafen zu gehn. Einer der Beweggründe dafür ist auch der, dass er hier nicht rauchen kann, denn er hat die Zündhölzer auf das Nachttischchen gelegt. Er müsste also diese Zündhölzchen holen, wenn er aber einmal beim Nachttisch ist, ist es wohl besser schon dort zu bleiben und sich niederzulegen. Er hat hiebei auch noch einen Hintergedanken, er glaubt nämlich, dass die Bälle, in ihrer blinden Sucht, sich immer hinter ihm zu halten, auf das Bett springen werden und dass er sie dort, wenn er sich dann niederlegt, mit oder ohne Willen zerdrücken wird. Den Einwand, dass etwa auch noch die Reste der Bälle springen könnten, lehnt er ab. Auch das Ungewöhnliche muss Grenzen haben. Ganze Bälle springen auch sonst, wenn auch nicht ununterbrochen, Bruchstücke von Bällen dagegen springen niemals und werden also auch hier nicht springen.

»Auf!« ruft er durch diese Überlegung fast mutwillig gemacht und stampft wieder mit den Bällen hinter sich zum Bett. Seine Hoffnung scheint sich zu bestätigen, wie er sich absichtlich ganz nahe ans Bett stellt, springt sofort ein Ball auf das Bett hinauf. Dagegen tritt das Unerwartete ein, dass der andere Ball sich unter das Bett begibt. An die Möglichkeit, dass die Bälle auch unter dem Bett springen könnten, hat Blumfeld gar nicht gedacht. Er ist über den einen Ball entrüstet, trotzdem er fühlt, wie ungerecht das ist, denn durch das Springen unter dem Bett erfüllt der Ball seine Aufgabe vielleicht noch besser als der Ball auf dem Bett. Nun kommt alles darauf an, für welchen Ort sich die Bälle entscheiden, denn, dass sie lang getrennt arbeiten könnten, glaubt Blumfeld nicht. Und tatsächlich springt im nächsten Augenblick auch der untere Ball auf das Bett hinauf. Jetzt habe ich sie, denkt Blumfeld, heiß vor Freude, und reißt den Schlafrock vom Leib, um sich ins Bett zu werfen. Aber gerade springt der gleiche Ball wieder unter das Bett. Übermäßig enttäuscht sinkt Blumfeld förmlich zusammen. Der Ball hat sich wahrscheinlich oben nur umgesehn, und es hat ihm nicht gefallen. Und nun folgt ihm auch der andere und bleibt natürlich unten, denn unten ist es besser. »Nun werde ich diese Trommler die ganze Nacht hier haben«, denkt Blumfeld, beißt die Lippen zusammen und nickt mit dem Kopf.

Er ist traurig, ohne eigentlich zu wissen, womit ihm die Bälle in der Nacht schaden könnten. Sein Schlaf ist ausgezeichnet, er wird das kleine Geräusch leicht überwinden. Um dessen ganz sicher zu sein, schiebt er ihnen entsprechend der gewonnenen Erfahrung zwei Teppiche unter. Es ist, als hätte er einen kleinen Hund, den er weich betten will. Und als wären auch die Bälle müde und schläfrig, sind auch ihre Sprünge niedriger und langsamer als früher. Wie Blumfeld vor dem Bett kniet und mit der Nachtlampe hinunterleuchtet, glaubt er manchmal, dass die Bälle auf den Teppichen für immer liegenbleiben werden, so schwach fallen sie, so langsam rollen sie ein Stückchen weit. Dann allerdings erheben sie sich wieder pflichtgemäß. Es ist aber leicht möglich, dass Blumfeld, wenn er früh unter das Bett schaut, dort zwei stille harmlose Kinderbälle finden wird.

Aber sie scheinen die Sprünge nicht einmal bis zum Morgen aushalten zu können, denn schon als Blumfeld im Bett liegt, hört er sie gar nicht mehr. Er strengt sich an, etwas zu hören, lauscht aus dem Bett vorgebeugt – kein Laut. So stark können die Teppiche nicht wirken, die einzige Erklärung ist, dass die Bälle nicht mehr springen, entweder können sie sich von den weichen Teppichen nicht genügend abstoßen und haben deshalb das Springen vorläufig aufgegeben, oder aber, was das Wahrscheinlichere ist, sie werden niemals mehr springen. Blumfeld könnte aufstehn und nachschauen, wie es sich eigentlich verhält, aber in seiner Zufriedenheit darüber, dass endlich Ruhe ist, bleibt er lieber liegen, er will an die ruhig gewordenen Bälle nicht einmal mit den Blicken rühren. Sogar auf das Rauchen verzichtet er gern, dreht sich zur Seite und schläft gleich ein.

Doch bleibt er nicht ungestört; wie sonst immer, ist sein Schlaf auch diesmal traumlos, aber sehr unruhig. Unzählige Male in der Nacht wird er durch die Täuschung aufgeschreckt, als ob jemand an die Tür klopfe. Er weiß auch bestimmt, dass niemand klopft; wer wollte in der Nacht klopfen und an seine, eines einsamen Junggesellen Tür. Obwohl er es aber bestimmt weiß, fährt er doch immer wieder auf und blickt einen Augenblick lang gespannt zur Türe, den Mund offen, die Augen aufgerissen, und die Haarsträhnen schütteln sich auf seiner feuchten Stirn. Er macht Versuche zu zählen, wie oft er geweckt wird, aber besinnungslos von den ungeheuern Zahlen, die sich ergeben, fällt er wieder in den Schlaf zurück. Er glaubt zu wissen, woher das Klopfen stammt, es wird nicht an der Tür ausgeführt, sondern ganz anderswo, aber er kann sich in der Befangenheit des Schlafes nicht erinnern, worauf sich seine Vermutungen gründen. Er weiß nur, dass viele winzige widerliche Schläge sich sammeln, ehe sie das große starke Klopfen ergeben. Er würde alle Widerlichkeit der kleinen Schläge erdulden wollen, wenn er das Klopfen vermeiden könnte, aber es ist aus irgendeinem Grunde zu spät, er kann hier nicht eingreifen, es ist versäumt, er hat nicht einmal Worte, nur zum stummen Gähnen öffnet sich sein Mund, und wütend darüber schlägt er das Gesicht in die Kissen. So vergeht die Nacht.

Am Morgen weckt ihn das Klopfen der Bedienerin, mit einem Seufzer der Erlösung begrüßt er das sanfte Klopfen, über dessen Unhörbarkeit er sich immer beklagt hat, und will schon »herein« rufen, da hört er noch ein anderes lebhaftes, zwar schwaches, aber förmlich kriegerisches Klopfen. Es sind die Bälle unter dem Bett. Sind sie aufgewacht, haben sie im Gegensatz zu ihm über die Nacht neue Kräfte gesammelt? »Gleich«, ruft Blumfeld der Bedienerin zu, springt aus dem Bett, aber vorsichtigerweise so, dass er die Bälle im Rücken behält, wirft sich, immer den Rücken ihnen zugekehrt, auf den Boden, blickt mit verdrehtem Kopf zu den Bällen und – möchte fast fluchen. Wie Kinder, die in der Nacht die lästigen Decken von sich schieben, haben die Bälle wahrscheinlich durch kleine, während der ganzen Nacht fortgesetzte Zuckungen die Teppiche so weit unter dem Bett hervorgeschoben, dass sie selbst wieder das freie Parkett unter sich haben und Lärm machen können. »Zurück auf die Teppiche«, sagt Blumfeld mit bösem Gesicht, und erst, als die Bälle dank der Teppiche wieder still geworden sind, ruft er die Bedienerin herein. Während diese, ein fettes, stumpfsinniges, immer steif aufrecht gehendes Weib, das Frühstück auf den Tisch stellt und die paar Handreichungen macht, die nötig sind, steht Blumfeld unbeweglich im Schlafrock bei seinem Bett, um die

Bälle unten festzuhalten. Er folgt der Bedienerin mit den Blicken, um festzustellen, ob sie etwas merkt. Bei ihrer Schwerhörigkeit ist das sehr unwahrscheinlich, und Blumfeld schreibt es seiner durch den schlechten Schlaf erzeugten Überreiztheit zu, wenn er zu sehen glaubt, dass die Bedienerin doch hie und da stockt, sich an irgendeinem Möbel festhält und mit hochgezogenen Brauen horcht. Er wäre glücklich, wenn er die Bedienerin dazu bringen könnte, ihre Arbeit ein wenig zu beschleunigen, aber sie ist fast langsamer als sonst. Umständlich belädt sie sich mit Blumfelds Kleidern und Stiefeln und zieht damit auf den Gang, lange bleibt sie weg, eintönig und ganz vereinzelt klingen die Schläge herüber, mit denen sie draußen die Kleider bearbeitet. Und während dieser ganzen Zeit muss Blumfeld auf dem Bett ausharren, darf sich nicht rühren, wenn er nicht die Bälle hinter sich herziehen will, muss den Kaffee, den er so gern möglichst warm trinkt, auskühlen lassen und kann nichts anderes tun, als den herabgelassenen Fenstervorhang anstarren, hinter dem der Tag trübe herandämmert. Endlich ist die Bedienerin fertig, wünscht einen guten Morgen und will schon gehn. Aber ehe sie sich endgültig entfernt, bleibt sie noch bei der Tür stehn, bewegt ein wenig die Lippen und sieht Blumfeld mit langem Blicke an. Blumfeld will sie schon zur Rede stellen, da geht sie schließlich. Am liebsten möchte Blumfeld die Tür aufreißen und ihr nachschreien, was für ein dummes, altes, stumpfsinniges Weib sie ist. Als er aber darüber nachdenkt, was er gegen sie eigentlich einzuwenden hat, findet er nur den Widersinn, dass sie zweifellos nichts bemerkt hat und sich doch den Anschein geben wollte, als hätte sie etwas bemerkt. Wie verwirrt seine Gedanken sind! Und das nur von einer schlecht durchschlafenen Nacht! Für den schlechten Schlaf findet er eine kleine Erklärung darin, dass er gestern abend von seinen Gewohnheiten abgewichen ist, nicht geraucht und nicht Schnaps getrunken hat. »Wenn ich einmal«, und das ist das Endergebnis seines Nachdenkens, »nicht rauche und nicht Schnaps trinke, schlafe ich schlecht.«

Er wird von jetzt ab mehr auf sein Wohlbefinden achten, und beginnt damit, dass er aus seiner Hausapotheke, die über dem Nachttischchen hängt, Watte nimmt und zwei Wattekügelchen sich in die Ohren stopft. Dann steht er auf und macht einen Probeschritt. Die Bälle folgen zwar, aber er hört sie fast nicht, noch ein Nachschub von Watte macht sie ganz unhörbar. Blumfeld führt noch einige Schritte aus, es geht ohne besondere Unannehmlichkeit. Jeder ist für sich, Blumfeld wie die Bälle, sie sind zwar aneinander gebunden, aber sie stören einander nicht. Nur als Blumfeld sich einmal rascher umwendet und ein Ball die Gegenbewegung nicht rasch genug machen kann, stößt Blumfeld mit dem Knie an ihn. Es ist der einzige Zwischenfall, im übrigen trinkt Blumfeld ruhig den Kaffee, er hat Hunger, als hätte er in dieser Nacht nicht geschlafen, sondern einen langen Weg gemacht, wäscht sich mit kaltem, ungemein erfrischendem Wasser und kleidet sich an. Bisher hat er die Vorhänge nicht hochgezogen, sondern ist aus Vorsicht lieber im Halbdunkel geblieben, für die Bälle braucht er keine fremden Augen. Aber als er jetzt zum Weggehn bereit ist, muss er die Bälle für den Fall, dass sie es wagen sollten – er glaubt es nicht – ihm auch auf die Gasse zu folgen, irgendwie versorgen. Er hat dafür einen guten Einfall, er öffnet den großen Kleiderkasten und stellt sich mit dem Rücken gegen ihn. Als hätten die Bälle eine Ahnung dessen, was beabsichtigt wird, hüten sie sich vor dem Inneren des Kastens, jedes Plätzchen, das zwischen Blumfeld und dem Kasten bleibt, nützen sie aus, springen, wenn es nicht anders geht, für einen Augenblick in den Kasten, flüchten sich aber vor dem Dunkel gleich wieder hinaus, über die Kante weiter in den Kasten sind sie gar nicht zu bringen, lieber verletzen sie ihre Pflicht und halten sich fast zur Seite Blumfelds. Aber ihre kleinen Listen sollen ihnen nichts helfen, denn jetzt steigt Blumfeld selbst rücklings in den Kasten und nun müssen sie allerdings folgen. Damit ist aber auch über sie entschieden, denn auf dem Kastenboden liegen verschiedene kleinere Gegenstände, wie Stiefel, Schachteln, kleine Koffer, die alle zwar – jetzt bedauert es Blumfeld – wohl geordnet sind, aber doch die Bälle sehr behindern. Und als nun Blumfeld, der inzwischen die Tür des Kastens fast zugezogen hat, mit einem großen Sprung, wie er ihn schon seit Jahren nicht ausgeführt hat, den Kasten verlässt, die Tür zudrückt und den Schlüssel umdreht, sind die Bälle eingesperrt. »Das ist also gelungen«, denkt Blumfeld und wischt sich den Schweiß vom Gesicht. Wie die Bälle in dem Kasten lärmen! Es macht den Eindruck, als wären sie verzweifelt. Blumfeld dagegen ist sehr zufrieden. Er verlässt das Zimmer, und schon der öde Korridor wirkt wohltuend auf ihn ein. Er befreit die Ohren von der Watte, und die vielen Geräusche des erwachenden Hauses entzücken ihn. Menschen sieht man nur wenig, es ist noch sehr früh.

Unten im Flur vor der niedrigen Tür, durch die man in die Kellerwohnung der Bedienerin kommt, steht ihr kleiner zehnjähriger Junge. Ein Ebenbild seiner Mutter, keine Häßlichkeit der Alten ist in diesem Kindergesicht vergessen worden. Krummbeinig, die Hände in den Hosentaschen steht er dort und faucht, weil er schon jetzt einen Kropf hat und nur schwer Atem holen kann. Während aber Blumfeld sonst, wenn ihm der Junge in den Weg kommt, einen eiligeren Schritt einschlägt, um sich dieses Schauspiel möglichst zu ersparen, möchte er heute bei ihm fast stehnbleiben wollen. Wenn der Junge auch von diesem Weib in die Welt gesetzt ist und alle Zeichen seines Ursprungs trägt, so ist er vorläufig doch ein Kind, in diesem unförmigen Kopf sind doch Kindergedanken, wenn man ihn verständig ansprechen und etwas fragen wird, so wird er wahrscheinlich mit heller Stimme, unschuldig und ehrerbietig antworten, und man wird nach einiger Überwindung auch diese Wangen streicheln können. So denkt Blumfeld, geht aber doch vorüber. Auf der Gasse merkt er, dass das Wetter freundlicher ist, als er in seinem Zimmer gedacht hat. Die Morgennebel teilen sich, und Stellen blauen, von kräftigem Wind gefegten Himmels erscheinen. Blumfeld verdankt es den Bällen, dass er viel früher aus seinem Zimmer herausgekommen ist als sonst, sogar die Zeitung hat er ungelesen auf dem Tisch vergessen, jedenfalls hat er dadurch viel Zeit gewonnen und kann jetzt langsam gehn. Es ist merkwürdig, wie wenig Sorge ihm die Bälle machen, seitdem er sie von sich getrennt hat. Solange sie hinter ihm her waren, konnte man sie für etwas zu ihm Gehöriges halten, für etwas, das bei Beurteilung seiner Person irgendwie mit herangezogen werden musste, jetzt dagegen waren sie nur ein Spielzeug zu Hause im Kasten. Und es fällt hiebei Blumfeld ein, dass er die Bälle vielleicht am besten dadurch unschädlich machen könnte, dass er sie ihrer eigentlichen Bestimmung zuführt. Dort im Flur steht noch der Junge, Blumfeld wird ihm die Bälle schenken, und zwar nicht etwa borgen, sondern ausdrücklich schenken, was gewiss gleichbedeutend ist mit dem Befehl zu ihrer Vernichtung. Und selbst wenn sie heil bleiben sollten, so werden sie doch in den Händen des Jungen noch weniger bedeuten als im Kasten, das ganze Haus wird sehn, wie der Junge mit ihnen spielt, andere Kinder werden sich anschließen, die allgemeine Meinung, dass es sich hier um Spielbälle und nicht etwa um Lebensbegleiter Blumfelds handelt, wird unerschütterlich und unwiderstehlich werden. Blumfeld läuft ins Haus zurück. Gerade ist der Junge die Kellertreppe hinuntergestiegen und will unten die Tür öffnen. Blumfeld muss den Jungen also rufen und seinen Namen aussprechen, der lächerlich ist wie alles, was mit dem Jungen in Verbindung gebracht wird. »Alfred, Alfred«, ruft er. Der Junge zögert lange. »Also komm doch«, ruft Blumfeld, »ich gebe dir etwas.« Die kleinen zwei Mädchen des Hausmeisters sind aus der gegenüberliegenden Tür herausgekommen und stellen sich neugierig rechts und links von Blumfeld auf. Sie fassen viel schneller auf als der Junge und verstehen nicht, warum er nicht gleich kommt. Sie winken ihm, lassen dabei Blumfeld nicht aus den Augen, können aber nicht ergründen, was für ein Geschenk Alfred erwartet. Die Neugierde plagt sie, und sie hüpfen von einem Fuß auf den andern. Blumfeld lacht sowohl über sie als über den Jungen. Dieser scheint sich endlich alles zurechtgelegt zu haben und steigt steif und schwerfällig die Treppe hinauf. Nicht einmal im Gang verleugnet er seine Mutter, die übrigens unten in der Kellertür erscheint. Blumfeld schreit überlaut, damit ihn auch die Bedienerin versteht und die Ausführung seines Auftrags, falls es nötig sein sollte, überwacht. »Ich habe oben«, sagt Blumfeld, »in meinem Zimmer zwei schöne Bälle. Willst du sie haben?« Der Junge verzieht bloß den Mund, er weiß nicht, wie er sich verhalten soll, er dreht sich um und sieht fragend zu seiner Mutter hinunter. Die Mädchen aber fangen gleich an, um Blumfeld herumzuspringen und bitten um die Bälle. »Ihr werdet auch mit ihnen spielen dürfen«, sagt Blumfeld zu ihnen, wartet aber auf die Antwort des Jungen. Er könnte die Bälle gleich den Mädchen schenken, aber sie scheinen ihm zu leichtsinnig, und er hat jetzt mehr Vertrauen zu dem Jungen. Dieser hat sich inzwischen bei seiner Mutter, ohne dass Worte gewechselt worden wären, Rat geholt und nickt auf eine neuerliche Frage Blumfelds zustimmend. »Dann gib acht«, sagte Blumfeld, der gern übersieht, dass er hier für sein Geschenk keinen Dank bekommen wird, »den Schlüssel zu meinem Zimmer hat deine Mutter, den musst du dir von ihr ausborgen, hier gebe ich dir den Schlüssel von meinem Kleiderkasten, und in diesem Kleiderkasten sind die Bälle. Sperr den Kasten und das Zimmer wieder vorsichtig zu. Mit den Bällen aber kannst du machen, was du willst und musst sie nicht wieder zurückbringen. Hast du mich verstanden?« Der Junge hat aber leider nicht verstanden. Blumfeld hat diesem grenzenlos begriffsstutzigen Wesen alles besonders klarmachen wollen, hat aber gerade infolge dieser Absicht alles zu oft wiederholt, zu oft abwechselnd von Schlüsseln, Zimmer und Kasten gesprochen, und der Junge starrt ihn infolgedessen nicht wie seinen Wohltäter, sondern wie einen Versucher an. Die Mädchen allerdings haben gleich alles begriffen, drängen sich an Blumfeld und strecken die Hände nach dem Schlüssel aus. »Wartet doch«, sagt Blumfeld und ärgert sich schon über alle. Auch vergeht die Zeit, er kann sich nicht mehr lange aufhalten. Wenn doch die Bedienerin endlich sagen wollte, dass sie ihn verstanden hat und alles richtig für den Jungen besorgen wird. Statt dessen steht sie aber noch immer unten an der Tür, lächelt geziert wie verschämte Schwerhörige und glaubt vielleicht, dass Blumfeld oben über ihren Jungen in plötzliches Entzücken geraten sei und ihm das kleine Einmaleins abhöre. Blumfeld wieder kann aber doch nicht die Kellertreppe hinuntersteigen und der Bedienerin seine Bitte ins Ohr schreien, ihr Junge möge ihn doch um Gottes Barmherzigkeit willen von den Bällen befreien. Er hat sich schon genug bezwungen, wenn er den Schlüssel zu seinem Kleiderkasten für einen ganzen Tag dieser Familie anvertrauen will. Nicht um sich zu schonen, reicht er hier den Schlüssel dem Jungen, statt ihn selbst hinaufzuführen und ihm dort die Bälle zu übergeben. Aber er kann doch nicht oben die Bälle zuerst wegschenken und sie dann, wie es voraussichtlich geschehen müsste, dem Jungen gleich wieder nehmen, indem er sie als Gefolge hinter sich herzieht. »Du verstehst mich also noch immer nicht?« fragt Blumfeld fast wehmütig, nachdem er zu einer neuen Erklärung angesetzt, sie aber unter dem leeren Blick des Jungen gleich wieder abgebrochen hat. Ein solcher leerer Blick macht einen wehrlos. Er könnte einen dazu verführen, mehr zu sagen als man will, nur damit man diese Leere mit Verstand erfülle.

»Wir werden ihm die Bälle holen«, rufen da die Mädchen. Sie sind schlau, sie haben erkannt, dass sie die Bälle nur durch irgendeine Vermittlung des Jungen erhalten können, dass sie aber auch noch diese Vermittlung selbst bewerkstelligen müssen. Aus dem Zimmer des Hausmeisters schlägt eine Uhr und mahnt Blumfeld zur Eile. »Dann nehmt also den Schlüssel«, sagt Blumfeld, und der Schlüssel wird ihm mehr aus der Hand gezogen, als dass er ihn hergibt. Die Sicherheit, mit der er den Schlüssel dem Jungen gegeben hätte, wäre unvergleichlich größer gewesen. »Den Schlüssel zum Zimmer holt unten von der Frau«, sagt Blumfeld noch, »und wenn ihr mit den Bällen zurückkommt, müsst ihr beide Schlüssel der Frau geben.« »Ja, ja«, rufen die Mädchen und laufen die Treppe hinunter. Sie wissen alles, durchaus alles, und als sei Blumfeld von der

Begriffsstutzigkeit des Jungen angesteckt, versteht er jetzt selbst nicht, wie sie seinen Erklärungen alles so schnell hatten entnehmen können.

Nun zerren sie schon unten am Rock der Bedienerin, aber Blumfeld kann, so verlockend es wäre, nicht länger zusehn, wie sie ihre Aufgabe ausführen werden, und zwar nicht nur, weil es schon spät ist, sondern auch deshalb, weil er nicht zugegen sein will, wenn die Bälle ins Freie kommen. Er will sogar schon einige Gassen weit entfernt sein, wenn die Mädchen oben erst die Türe seines Zimmers öffnen. Er weiß ja gar nicht, wessen er sich von den Bällen noch versehen kann. Und so tritt er zum zweiten Mal an diesem Morgen ins Freie. Er hat noch gesehen, wie die Bedienerin sich gegen die Mädchen förmlich wehrt und der Junge die krummen Beine rührt, um der Mutter zu Hilfe zu kommen. Blumfeld begreift es nicht, warum solche Menschen wie die Bedienerin auf der Welt gedeihen und sich fortpflanzen.

Während des Weges in die Wäschefabrik, in der Blumfeld angestellt ist, bekommen die Gedanken an die Arbeit allmählich über alles andere die Oberhand. Er beschleunigt seine Schritte, und trotz der Verzögerung, die der Junge verschuldet hat, ist er der Erste in seinem Bureau. Dieses Bureau ist ein mit Glas verschalter Raum, es enthält einen Schreibtisch für Blumfeld und zwei Stehpulte für die Blumfeld untergeordneten Praktikanten. Obwohl diese Stehpulte so klein und schmal sind, als seien sie für Schulkinder bestimmt, ist es doch in diesem Bureau sehr eng, und die Praktikanten dürfen sich nicht setzen, weil dann für Blumfelds Sessel kein Platz mehr wäre. So stehen sie den ganzen Tag an ihre Pulte gedrückt. Das ist für sie gewiss sehr unbequem, es wird aber dadurch auch Blumfeld erschwert, sie zu beobachten. Oft drängen sie sich eifrig an das Pult, aber nicht etwa, um zu arbeiten, sondern um miteinander zu flüstern oder sogar einzunicken. Blumfeld hat viel Ärger mit ihnen, sie unterstützen ihn bei Weitem nicht genügend in der riesenhaften Arbeit, die ihm auferlegt ist. Diese Arbeit besteht darin, dass er den gesamten Waren- und Geldverkehr mit den Heimarbeiterinnen besorgt, welche von der Fabrik für die Herstellung gewisser feinerer Waren beschäftigt werden. Um die Größe dieser Arbeit beurteilen zu können, muss man einen näheren Einblick in die ganzen Verhältnisse haben. Diesen Einblick aber hat, seitdem der unmittelbare Vorgesetzte Blumfelds vor einigen Jahren gestorben ist, niemand mehr, deshalb kann auch Blumfeld niemandem die Berechtigung zu einem Urteil über seine Arbeit zugestehn. Der Fabrikant, Herr Ottomar, zum Beispiel unterschätzt Blumfelds Arbeit offensichtlich, er erkennt natürlich die Verdienste an, die sich Blumfeld in der Fabrik im Laufe der zwanzig Jahre erworben hat, und er erkennt sie an, nicht nur weil er muss, sondern auch, weil er Blumfeld als treuen, vertrauenswürdigen Menschen achtet – aber seine Arbeit unterschätzt er doch, er glaubt nämlich, sie könne einfacher und deshalb in jeder Hinsicht vorteilhafter eingerichtet werden, als sie Blumfeld betreibt. Man sagt, und es ist wohl nicht unglaubwürdig, dass Ottomar nur deshalb sich so selten in der Abteilung Blumfelds zeige, um sich den Ärger zu ersparen, den ihm der Anblick der Arbeitsmethoden Blumfelds verursacht. So verkannt zu werden, ist für Blumfeld gewiss traurig, aber es gibt keine Abhilfe, denn er kann doch Ottomar nicht zwingen, etwa einen Monat ununterbrochen in Blumfelds Abteilung zu bleiben, die vielfachen Arten der hier zu bewältigenden Arbeiten zu studieren, seine eigenen angeblich besseren Methoden anzuwenden und sich durch den Zusammenbruch der Abteilung, den das notwendig zur Folge hätte, von Blumfelds Recht überzeugen zu lassen. Deshalb also versieht Blumfeld seine Arbeit unbeirrt wie vorher, erschrickt ein wenig, wenn nach langer Zeit einmal Ottomar erscheint, macht dann im Pflichtgefühl des Untergeordneten doch einen schwachen Versuch, Ottomar diese oder jene Einrichtung zu erklären, worauf dieser stumm nickend mit gesenkten Augen weitergeht, und leidet im übrigen weniger unter dieser Verkennung als unter dem Gedanken daran, dass, wenn er einmal von seinem Posten wird abtreten müssen, die sofortige Folge dessen ein großes, von niemandem aufzulösendes Durcheinander sein wird, denn er kennt niemanden in der Fabrik, der ihn ersetzen und seinen Posten in der Weise übernehmen könnte, dass für den Betrieb durch Monate hindurch auch nur die schwersten Stockungen vermieden würden. Wenn der Chef jemanden unterschätzt, so suchen ihn darin natürlich die Angestellten womöglich noch zu übertreffen. Es unterschätzt daher jeder Blumfelds Arbeit, niemand hält es für notwendig, zu seiner Ausbildung eine Zeitlang in Blumfelds Abteilung zu arbeiten, und wenn neue Angestellte aufgenommen werden, wird niemand aus eigenem Antrieb Blumfeld zugeteilt. Infolgedessen fehlt es für die Abteilung Blumfelds an Nachwuchs. Es waren Wochen des härtesten Kampfes, als Blumfeld, der bis dahin in der Abteilung ganz allein, nur von einem Diener unterstützt, alles besorgt hatte, die Beistellung eines Praktikanten forderte. Fast jeden Tag erschien Blumfeld im Bureau Ottomars und erklärte ihm in ruhiger und ausführlicher Weise, warum ein Praktikant in dieser Abteilung notwendig sei. Er sei nicht etwa deshalb notwendig, weil Blumfeld sich schonen wolle, Blumfeld wolle sich nicht schonen, er arbeite seinen überreichlichen Teil und gedenke, damit nicht aufzuhören, aber Herr Ottomar möge nur überlegen, wie sich das Geschäft im Laufe der Zeit entwickelt habe, alle Abteilungen seien entsprechend vergrößert worden, nur Blumfelds Abteilung werde immer vergessen. Und wie sei gerade dort die Arbeit angewachsen! Als Blumfeld eintrat, an diese Zeiten könne sich Herr Ottomar gewiss nicht mehr erinnern, hatte man dort mit etwa zehn Näherinnen zu tun, heute schwankt ihre Zahl zwischen fünfzig und sechzig. Eine solche Arbeit verlangt Kräfte, Blumfeld könne dafür bürgen, dass er sich vollständig für die Arbeit verbrauche, dafür aber, dass er sie vollständig bewältigen werde, könne er von jetzt ab nicht mehr bürgen. Nun lehnte ja Herr Ottomar niemals Blumfelds Ansuchen geradezu ab, das konnte er einem alten Beamten gegenüber nicht tun, aber die Art, wie er kaum zuhörte, über den bittenden Blumfeld hinweg mit andern Leuten sprach, halbe Zusagen machte, in einigen Tagen alles wieder vergessen hatte – diese Art war recht beleidigend. Nicht eigentlich für Blumfeld, Blumfeld ist kein Fantast, so schön Ehre und Anerkennung ist, Blumfeld kann sie entbehren, er wird trotz allem auf seiner Stelle ausharren, so lange es irgendwie geht, jedenfalls ist er im Recht, und Recht muss sich schließlich, wenn es auch manchmal lange dauert, Anerkennung verschaffen. So hat ja auch tatsächlich Blumfeld sogar zwei Praktikanten schließlich bekommen, was für Praktikanten allerdings. Man hätte glauben, können, Ottomar habe eingesehn, er könne seine Missachtung der Abteilung noch deutlicher als durch Verweigerung von Praktikanten durch Gewährung dieser Praktikanten zeigen. Es war sogar möglich, dass Ottomar nur deshalb Blumfeld so lange vertröstet hatte, weil er zwei solche Praktikanten gesucht und sie, was begreiflich war, so lange nicht hatte finden können. Und beklagen konnte sich jetzt Blumfeld nicht, die Antwort war ja vorauszusehn, er hatte doch zwei Praktikanten bekommen, während er nur einen verlangt hatte; so geschickt war alles von Ottomar eingeleitet. Natürlich beklagte sich Blumfeld doch, aber nur weil ihn förmlich seine Notlage dazu drängte, nicht weil er jetzt noch Abhilfe erhoffte. Er beklagte sich auch nicht nachdrücklich, sondern nur nebenbei, wenn sich eine passende Gelegenheit ergab. Trotzdem verbreitete sich bald unter den übelwollenden Kollegen das Gerücht, jemand habe Ottomar gefragt, ob es denn möglich sei, dass sich Blumfeld, der doch jetzt eine so außerordentliche Beihilfe bekommen habe, noch immer beklage. Darauf habe Ottomar geantwortet, es sei richtig, Blumfeld beklage sich noch immer, aber mit Recht. Er, Ottomar, habe es endlich eingesehn, und er beabsichtige Blumfeld nach und nach für jede Näherin einen Praktikanten, also im Ganzen etwa sechzig zuzuteilen. Sollten aber diese noch nicht genügen, werde er noch mehr hinschicken, und er werde damit nicht früher aufhören, bis das Tollhaus vollkommen sei, welches in der Abteilung Blumfelds schon seit Jahren sich entwickle. Nun war allerdings in dieser Bemerkung die Redeweise Ottomars gut nachgeahmt, er selbst aber, daran zweifelte Blumfeld nicht, war weit davon entfernt, sich jemals auch nur in ähnlicher Weise über Blumfeld zu äußern. Das Ganze war eine Erfindung der Faulenzer aus den Bureaus im ersten Stock, Blumfeld ging darüber hinweg – hätte er nur auch über das Vorhandensein der Praktikanten so ruhig hinweggehn können. Die standen aber da und waren nicht mehr wegzubringen. Blasse, schwache Kinder. Nach ihren Dokumenten sollten sie das schulfreie Alter schon erreicht haben, in Wirklichkeit konnte man es aber nicht glauben. Ja, man hätte sie noch einmal einem Lehrer anvertrauen wollen, so deutlich gehörten sie noch an die Hand der Mutter. Sie konnten sich noch nicht vernünftig bewegen, langes Stehn ermüdete sie besonders in der ersten Zeit ungemein. Ließ man sie unbeobachtet, so knickten sie in ihrer Schwäche gleich ein, standen schief und gebückt in einem Winkel. Blumfeld suchte ihnen begreiflich zu machen, dass sie sich für das ganze Leben zu Krüppeln machen würden, wenn sie immer der Bequemlichkeit so nachgäben. Den Praktikanten eine kleine Bewegung aufzutragen, war gewagt, einmal hatte einer etwas nur ein paar Schritte weit bringen sollen, war übereifrig hingelaufen und hatte sich am Pult das Knie wundgeschlagen. Das Zimmer war voll Näherinnen gewesen, die Pulte voll Ware, aber Blumfeld hatte alles vernachlässigen, den weinenden Praktikanten ins Bureau führen und ihm dort einen kleinen Verband machen müssen. Aber auch dieser Eifer der Praktikanten war nur äußerlich, wie richtige Kinder wollten sie sich manchmal auszeichnen, aber noch viel öfters oder vielmehr fast immer wollten sie die Aufmerksamkeit des Vorgesetzten nur täuschen und ihn betrügen. Zur Zeit der größten Arbeit war Blumfeld einmal schweißtriefend an ihnen vorübergejagt und hatte bemerkt, wie sie zwischen Warenballen versteckt Marken tauschten. Er hätte mit den Fäusten auf ihre Köpfe niederfahren wollen, für ein solches Verhalten wäre es die einzig mögliche Strafe gewesen, aber es waren Kinder, Blumfeld konnte doch nicht Kinder totschlagen. Und so quälte er sich mit ihnen weiter. Ursprünglich hatte er sich vorgestellt, dass die Praktikanten ihn in den unmittelbaren Handreichungen unterstützen würden, welche zur Zeit der Warenverteilung so viel Anstrengung und Wachsamkeit erforderten. Er hatte gedacht, er würde etwa in der Mitte hinter dem Pult stehn, immer die Übersicht über alles behalten und die Eintragungen besorgen, während die Praktikanten nach seinem Befehl hin- und herlaufen und alles verteilen würden. Er hatte sich vorgestellt, dass seine Beaufsichtigung, die, so scharf sie war, für ein solches Gedränge nicht genügen konnte, durch die Aufmerksamkeit der Praktikanten ergänzt werden würde und dass diese Praktikanten allmählich Erfahrungen sammeln, nicht in jeder Einzelheit auf seine Befehle angewiesen bleiben und endlich selbst lernen würden, die Näherinnen, was Warenbedarf und Vertrauenswürdigkeit anlangt, voneinander zu unterscheiden. An diesen Praktikanten gemessen, waren es ganz leere Hoffnungen gewesen, Blumfeld sah bald ein, dass er sie überhaupt mit den Näherinnen nicht reden lassen durfte. Zu manchen Näherinnen waren sie nämlich von allem Anfang gar nicht gegangen, weil sie Abneigung oder Angst vor ihnen gehabt hatten, andern dagegen, für welche sie Vorliebe hatten, waren sie oft bis zur Tür entgegengelaufen. Diesen brachten sie, was sie nur wünschten, drückten es ihnen, auch wenn die Näherinnen zur Empfangnahme berechtigt waren, mit einer Art Heimlichkeit in die Hände, sammelten in einem leeren Regal für diese Bevorzugten verschiedene Abschnitzel, wertlose Reste, aber doch auch noch brauchbare Kleinigkeiten, winkten ihnen damit hinter dem Rücken Blumfelds glückselig schon von Weitem zu und bekamen dafür Bonbons in den Mund gesteckt. Blumfeld machte diesem Unwesen allerdings bald ein Ende und trieb sie, wenn die Näherinnen kamen, in den Verschlag. Aber noch lange hielten sie das für eine große Ungerechtigkeit, trotzten, zerbrachen mutwillig die Federn und klopften manchmal, ohne dass sie allerdings den Kopf zu heben wagten, laut an die Glasscheiben, um die Näherinnen auf die schlechte Behandlung aufmerksam zu machen, die sie ihrer Meinung nach von Blumfeld zu erleiden hatten.

Das Unrecht, das sie selbst begehn, das können sie nicht begreifen. So kommen sie zum Beispiel fast immer zu spät ins Bureau. Blumfeld, ihr Vorgesetzter, der es von frühester Jugend an für selbstverständlich gehalten hat, dass man wenigstens eine halbe Stunde vor Bureaubeginn erscheint – nicht Streberei, nicht übertriebenes Pflichtbewusstsein, nur ein gewisses Gefühl für Anstand veranlasst ihn dazu – Blumfeld muss auf seine Praktikanten meist länger als eine Stunde warten. Die Frühstücksemmel kauend steht er gewöhnlich hinter dem Pult im Saal und führt die Rechnungsabschlüsse in den kleinen Büchern der Näherinnen durch. Bald vertieft er sich in die Arbeit und denkt an nichts anderes. Da wird er plötzlich so erschreckt, dass ihm noch ein Weilchen danach die Feder in den Händen zittert. Der eine Praktikant ist hereingestürmt, es ist, als wolle er umfallen, mit einer Hand hält er sich irgendwo fest, mit der anderen drückt er die schwer atmende Brust – aber das Ganze bedeutet nichts weiter, als dass er wegen seines Zuspätkommens eine Entschuldigung vorbringt, die so lächerlich ist, dass sie Blumfeld absichtlich überhört, denn täte er es nicht, müsste er den Jungen verdienterweise prügeln. So aber sieht er ihn nur ein Weilchen an, zeigt dann mit ausgestreckter Hand auf den Verschlag und wendet sich wieder seiner Arbeit zu. Nun dürfte man doch erwarten, dass der Praktikant die Güte des Vorgesetzten einsieht und zu seinem Standort eilt. Nein, er eilt nicht, er tänzelt, er geht auf den Fußspitzen, jetzt Fuß vor Fuß. Will er seinen Vorgesetzten verlachen? Auch das nicht. Es ist nur wieder diese Mischung von Furcht und Selbstzufriedenheit, gegen die man wehrlos ist. Wie wäre es denn sonst zu erklären, dass Blumfeld heute, wo er doch selbst ungewöhnlich spät ins Bureau gekommen ist, jetzt nach langem Warten – zum Nachprüfen der Büchlein hat er keine Lust – durch die Staubwolken, die der unvernünftige Diener vor ihm mit dem Besen in die Höhe treibt, auf der Gasse die beiden Praktikanten erblickt, wie sie friedlich daherkommen. Sie halten sich fest umschlungen und scheinen einander wichtige Dinge zu erzählen, die aber gewiss mit dem Geschäft höchstens in einem unerlaubten Zusammenhange stehn. Je näher sie der Glastür kommen, desto mehr verlangsamen sie ihre Schritte. Endlich erfasst der eine schon die Klinke, drückt sie aber nicht nieder, noch immer erzählen sie einander, hören zu und lachen. »Öffne doch unseren Herren«, schreit Blumfeld mit erhobenen Händen den Diener an. Aber als die Praktikanten eintreten, will Blumfeld nicht mehr zanken, antwortet auf ihren Gruß nicht und geht zu seinem Schreibtisch. Er beginnt zu rechnen, blickt aber manchmal auf, um zu sehn, was die Praktikanten machen. Der eine scheint sehr müde zu sein und reibt die Augen; als er seinen Überrock an den Nagel gehängt hat, benützt er die Gelegenheit und bleibt noch ein wenig an der Wand lehnen, auf der Gasse war er frisch, aber die Nähe der Arbeit macht ihn müde. Der andere Praktikant dagegen hat Lust zur Arbeit, aber nur zu mancher. So ist es seit jeher sein Wunsch, auskehren zu dürfen. Nun ist das aber eine Arbeit, die ihm nicht gebührt, das Auskehren steht nur dem Diener zu; an und für sich hätte ja Blumfeld nichts dagegen, dass der Praktikant auskehrt, mag der Praktikant auskehren, schlechter als der Diener kann man es nicht machen, wenn aber der Praktikant auskehren will, dann soll er eben früher kommen, ehe der Diener zu kehren beginnt, und soll nicht die Zeit dazu verwenden, während er ausschließlich zu Bureauarbeiten verpflichtet ist. Wenn nun aber schon der kleine Junge jeder vernünftigen Überlegung unzugänglich ist, so könnte doch wenigstens der Diener, dieser halbblinde Greis, den der Chef gewiss in keiner andern Abteilung als in der Blumfelds dulden würde und der nur noch von Gottes und des Chefs Gnaden lebt, so könnte doch wenigstens dieser Diener nachgiebig sein und für einen Augenblick den Besen dem Jungen überlassen, der doch ungeschickt ist, gleich die Lust am Kehren verlieren und dem Diener mit dem Besen nachlaufen wird, um ihn wieder zum Kehren zu bewegen. Nun scheint aber der Diener gerade für das Kehren sich besonders verantwortlich zu fühlen, man sieht, wie er, kaum dass sich ihm der Junge nähert, den Besen mit den zitternden Händen besser zu fassen sucht, lieber steht er still und lässt das Kehren, um nur alle Aufmerksamkeit auf den Besitz des Besens richten zu können. Der Praktikant bittet nun nicht durch Worte, denn er fürchtet doch Blumfeld, welcher scheinbar rechnet, auch wären gewöhnliche Worte nutzlos, denn der Diener ist nur durch stärkstes Schreien zu erreichen. Der Praktikant zupft also zunächst den Diener am Ärmel. Der Diener weiß natürlich, um was es sich handelt, finster sieht er den Praktikanten an, schüttelt den Kopf und zieht den Besen näher, bis an die Brust. Nun faltet der Praktikant die Hände und bittet. Er hat allerdings keine Hoffnung, durch Bitten etwas zu erreichen, das Bitten belustigt ihn nur, und deshalb bittet er. Der andere Praktikant begleitet den Vorgang mit leisem Lachen und glaubt offenbar, wenn auch unbegreiflicherweise, dass Blumfeld ihn nicht hört. Auf den Diener macht das Bitten nicht den geringsten Eindruck, er dreht sich um und glaubt jetzt den Besen in Sicherheit wieder gebrauchen zu können. Aber der Praktikant ist ihm auf den Fußspitzen hüpfend und die beiden Hände flehentlich aneinanderreibend gefolgt und bittet nun von dieser Seite. Diese Wendungen des Dieners und das Nachhüpfen des Praktikanten wiederholen sich mehrmals. Schließlich fühlt sich der Diener von allen Seiten abgesperrt und merkt, was er bei einer nur ein wenig geringeren Einfalt gleich am Anfang hätte merken können, dass er früher ermüden wird als der Praktikant. Infolgedessen sucht er fremde Hilfe, droht dem Praktikanten mit dem Finger und zeigt auf Blumfeld, bei dem er, wenn der Praktikant nicht ablässt, Klage führen wird. Der Praktikant erkennt, dass er sich jetzt, wenn er überhaupt den Besen bekommen will, sehr beeilen muss, also greift er frech nach dem Besen. Ein unwillkürlicher Aufschrei des andern Praktikanten deutet die kommende Entscheidung an. Zwar rettet noch der Diener diesmal den Besen, indem er einen Schritt zurück macht und ihn nachzieht. Aber nun gibt der Praktikant nicht mehr nach, mit offenem Mund und blitzenden Augen springt er vor, der Diener will flüchten, aber seine alten Beine schlottern statt zu laufen, der Praktikant reißt an dem Besen, und wenn er ihn auch nicht erfasst, so erreicht er doch, dass der Besen fällt, und damit ist er für den Diener verloren. Scheinbar allerdings auch für den Praktikanten, denn beim Fallen des Besens erstarren zunächst alle drei, die Praktikanten und der Diener, denn jetzt muss Blumfeld alles offenbar werden. Tatsächlich blickt Blumfeld an seinem Guckfenster auf, als sei er erst jetzt aufmerksam geworden, strenge und prüfend fasst er jeden ins Auge, auch der Besen auf dem Boden entgeht ihm nicht. Sei es, dass das Schweigen zu lange andauert, sei es, dass der schuldige Praktikant die Begierde zu kehren nicht unterdrücken kann, jedenfalls bückt er sich, allerdings sehr vorsichtig, als greife er nach einem Tier und nicht nach dem Besen, nimmt den Besen, streicht mit ihm über den Boden, wirft ihn aber sofort erschrocken weg, als Blumfeld aufspringt und aus dem Verschlage tritt. »Beide an die Arbeit und nicht mehr gemuckst«, schreit Blumfeld und zeigt mit ausgestreckter Hand den beiden Praktikanten den Weg zu ihren Pulten. Sie folgen gleich, aber nicht etwa beschämt mit gesenkten Köpfen, vielmehr drehn sie sich steif an Blumfeld vorüber und sehn ihm starr in die Augen, als wollten sie ihn dadurch abhalten, sie zu schlagen. Und doch könnten sie durch die Erfahrung genügend darüber belehrt sein, dass Blumfeld grundsätzlich niemals schlägt. Aber sie sind überängstlich und suchen immer und ohne jedes Zartgefühl ihre wirklichen oder scheinbaren Rechte zu wahren.

(Aus dem Nachlass)

Michel Mettler Hermann Mehrstædts Gleichheit der Dinge

Nach beendigtem Mittagsmahl – nachdem er sich mit der Serviette sorgsam die Mundwinkel abgetupft hatte, wie es Darsteller in gehobenen Stummfilmen taten – pflegte Hermann Mehrstædt sich für eine kurze Zeit in seinen Teller zu legen, um Kraft zu schöpfen für die Anstrengungen, die der Tag noch an ihn herantragen würde. Er tat dies unabhängig davon, ob sein Teller leergegessen war. Oft ließ er ja einiges unberührt liegen – nicht weil er Kostverächter gewesen wäre, mehr aus Mangel an Appetit. Er gehörte nicht zu den großen Verzehrern dieser Welt.

Zu seinem Charakter, so glaubte Hermann Mehrstædt, war er einst aus dem Dunkel herausgekommen. Lange hatte er über nichts von dem verfügt, was man gemeinhin »Persönlichkeit« nannte. Versuchte er sich an jene Zeit zu erinnern, so stellten sich ungegenständliche Bilder ein, Planlandschaften, geometrische Katarakte, Reissbrett-Architekturen, in denen er, soweit ersichtlich, weder vorkam noch irgend sich wiederfand. Dann aber, eines beliebigen und doch bewussten Tages, hatte sich ein Gespinst von Merkmalen, Erinnerungen und Lebensansichten in ihm festzusetzen begonnen, Notationen zu einem Charakter, wie er sie sonst aus Büchern kannte. Auf seiner Wange hatte er einen Leberfleck entdeckt, der ihm unbekannt vorkam. Er betastete und umrundete ihn, er begab sich kurzerhand auf einen Tagesausflug zu seinem Gipfel. Tief in Hermann Mehrstædts Innerem, wo kein Lichtstrahl je hinkam, wuchs unterdessen etwas heran. Mit der Zeit an Bestimmtheit gewinnend, strebte es nach außen wie ein Knochengerüst, das mit unbezwingbarer Kraft das Fleisch durchstößt, um ans Licht zu dringen, nach allen Richtungen deutend, bloß nicht nach innen.

In der kurzen Zeit des Ungestörtseins, die Hermann Mehrstædt täglich in seinem mehr oder minder leergegessenen Teller verlebte, vergaß er alles, nur nicht zu atmen und wohl auch zu träumen. Vielleicht träumte er, wie ein missgestaltetes Wesen sich über den Teller beugte, in dem er als dürres Filetstück lag, um mit dem Messer lustlos an ihm herumzusäbeln. Doch womöglich träumte er gar nicht, und was er sich so als Geträumtes dachte, war nur eine Erinnerung an die Zeit, als er noch keine Erinnerungen gehabt, keinerlei Wesenszüge besessen, stattdessen nur über ein bloßes, von Merkmalen unbekleidetes Dasein verfügt hatte, ein Befinden von eigenschaftsloser Gegenwart. Viel sprach dafür, dass er damals schon vorhanden gewesen war. Dass er aber atmete, während er in seinem Teller lag, schien ihm eine ausgemachte Tatsache zu sein, denn andernfalls wäre er kaum wieder von dem kühlen Porzellan aufgestanden.

Beim Erwachen, während er zwischen zwei kapitalen

Fritten zum Deckenventilator hochsah, der sich über dem Tisch so langsam drehte, wie in gehobenen Stummfilmen die Flügel von Deckenventilatoren sich zu drehen pflegten, mutmaßte Hermann Mehrstædt manchmal, welche Kraft in seinem Innern bewirken mochte, dass seine Lungen ohne jede Absicht weiter Luft einsogen. Denn in den Untiefen des Tellers, in dieser Welt uneingeschränkten Verkehrs von Bildern mit Bildern, war die Versorgung des Blutes mit Sauerstoff unerheblich. Nichts und niemand kümmerte sich da um Dinge solcher Art. War also sein geduldiges Atemholen ein Vermächtnis, das ihn an einem silberglänzenden Band der Überlieferung mit den Großreichen der Maya verband, mit den Eskimos und ihren Eisloch-Ritualen, mit den Schrumpfköpfen aus Borneo, von denen er unlängst, eigentümlich fasziniert, einige Exemplare im städtischen Völkerkundemuseum betrachtet hatte?

An gewissen Tagen, besonders wenn der Südwind durch die Stadt zog, drehte Hermann Mehrstædt einige Runden auf einem Flügel des Deckenventilators über dem Tisch. Dabei wurden die Köpfe der Tafelnden zu Bällen eines Spiels, das sich nach unergründlichen Regeln unter ihm vollzog. Sie flitzten an ihm vorbei, und von den fettglänzenden Wänden der Wirtsstube stürzten Reflexe und Detailansichten des Lokals auf ihn ein, vergangene wie gegenwärtige, befürchtete er, verwirrlich aufgefächert, als seien es herumfliegende Spiegelscherben. Die Gefühle, die sich bei diesem Ritt durch den Essensdunst einstellten, ließen Mehrstædt an den Anblick der

Kinder denken, die im Park festlich herausgeputzt auf dem Karussell fahren durften, an ihre vor Freude glasigen Augen, die geröteten Wangen, die ihn stets befürchten ließen, diese zarten, wie handbemalten Geschöpfe könnten noch am selben Tag einem Fieber erliegen. Er selber entsann sich nicht, je ein solcher pueril entflammter Reiterknabe gewesen zu sein, doch unter seinen Sachen fand sich die Nachbildung eines Karussells mitsamt possierlichen, pausbäckigen Miniaturpassagieren aus Blech. Doch es konnte kein Geschenk aus Kindertagen sein. Vielleicht entstammte es ja den Kindertagen eines andern, denn Hermann Mehrstædt war, als habe er das Stück einst bei einem Trödler erstanden, als er bereits Hut und Gehrock des Institutsangestellten trug.

Brach Hermann Mehrstædt nach seinem kurzen Nickerchen im Esslokal auf, um an sein Pult im Institut zurückzukehren, flatterten Tauben vor seinen Füßen auf. Sie entschwanden aus seinem Sichtfeld wie schemenhafte Gedanken, die, kaum hat man sie gefasst, wieder in alle Windrichtungen zerstieben. Für seine Arbeit stand Hermann Mehrstædt ein kleines Bakelitkästchen mit vier buntfarbenen Tasten zur Verfügung. Seine Aufgabe war nun, durch immer neue Abfolgen zwölfmaligen Drückens im Lande draußen die Fertigung neuartiger Attrappen anzuregen. Dabei sollte er – und hierin bestand der geistige Anteil seines Tuns – möglichst abwechslungsreiche Tastenkombinationen ersinnen. Die entsprechenden elektrischen Signale eilten durch das Kabel vom Kästchen zur Wandbuchse, so hatte man ihm erklärt, und von dort zur

Zentrale, wo die Vorsteher sie auswerten würden nach einem Gesetz, das nur ihrem Verstande zugänglich sei. Im Institut selbst wurden keine Attrappen hergestellt – man beschränkte sich darauf, neue zu ersinnen und dann die erfindungsgemäßen Baupläne an die Fertigungsstätten zu übermitteln. Hermann Mehrstædt arbeitete allein in seinem winzigen Bureau, an der Wand hing feierlich und vergilbt eine Karte des Landes, worauf sämtliche Attrappenfabriken mit Wimpeln vermerkt waren. Die Karte diente nicht eigentlich der Orientierung, sie sollte mehr Schmuck und Ermunterung sein für sein tägliches Tun.

Das Kästchen auf Mehrstædts Pult war nicht nur mit der Zentrale, sondern auch mit den Kästchen aller anderen Institutsmitarbeiter verbunden, wusste er. Eine Gruppe besonderer Vorsteher suchte aus sämtlichen Eingaben die erfolgversprechenden Kombinationen heraus – so jedenfalls war es ihm an seinem ersten Tag im Institut erklärt worden, wobei der Vorgesetzte betont hatte, dass sein Verständnis der tieferen Zusammenhänge für den Fortgang der Arbeit nicht erforderlich sei. Gewiss war dem Mann nicht entgangen, dass Mehrstædts Gesicht besonders bei diesem letzten Teil der Unterweisung eine sonntagsschülerhafte Verdatterung ob dem göttlichen Schöpfungsplan hatte erkennen lassen. Dass sein Kästchen mit der Zentrale verbunden war, konnte er mit dem Schatz seiner Erfahrungen noch in Einklang bringen; dass es zudem aber auch mit den Kästchen aller übrigen Bureaux im Institut verbunden sein sollte, ohne dass darob die heilloseste Konfusion entstand, dies freilich überstieg seine Vorstellungskraft um alle Grade. Umso froher war er, nur eine winzige Nabe im großen Räderwerk des Instituts zu sein, deren einzige Aufgabe es war, sich nach Maßgabe der vorherrschenden Laufrichtung zu drehen.

Weil das Institut weit über die Landesgrenzen hinaus für die Entwicklung von Attrappen bekannt und Attrappen in aller Welt begehrt waren, ja von Tag zu Tag, wie man hörte, noch begehrter wurden, gab es für Hermann Mehrstædt stets viel zu tun. Trotzdem waren da böswillige Stimmen, die nicht nur um des Wortspiels willen erklärten, das Institut sei nur die Attrappe eines Instituts, Stätte eines Versuchs von Menschen an Menschen vielmehr, des Staates am Bürger oder einiger übelwollender Bürger am Staate. So flatterhaft waren die Gerüchte, die über das Institut kursierten.

Man müsse von diesen Hinterbänklern denken, dass sie Neider des Instituts und seiner Angestellten seien, hatte man Hermann Mehrstædt vonseiten der Vorsteher bedeutet. Ja, dachte er, vielleicht sehnten sich diese Ärmsten nur danach, selbst in einem Gebäude zu arbeiten, das so prunkvoll mit Marmor verkleidet war wie das Institut – auch wenn eben diese Leute behaupteten, die Platten, die es so trefflich verblendeten, seien nur ein Imitat, eines der vielen Täuschungsprodukte, deren Fertigung durch das Institut ins Werk gesetzt werde.

Diese bösen Zungen waren im Unrecht und von unlauteren Motiven getrieben, ahnte Hermann Mehrstædt, denn es stand außer Zweifel, dass das Institut von großem Nutzen war.

Es schuf eine positive Wirtschaftsbilanz und damit Wohlstand im Lande, »Arbeit und Devisen«, wie die Vorsteher sagten. Weil das Land keine Rohstoffe besaß, mussten sie von auswärts hergeschafft werden. Deshalb war das Institut eine famose Erfindung. Denn zur Fertigung von Attrappen waren keine Rohstoffe nötig, sie bestanden aus einem Stoff, der nicht wirklich war, dafür imstande, den Anschein greifbaren Vorhandenseins zu erwecken. Gewiss gäbe es das Land gar nicht, so dachte Mehrstædt manchmal, wäre nicht eines Tages das Institut gegründet worden, ja vielleicht war das Land nur als Ergänzung des Instituts entstanden und musste als seine äußere Umfriedung verstanden werden, die erst seine innere Existenz rechtfertigte.

Möglicherweise hatte Hermann Mehrstædts Fähigkeit, sich die Ausdehnung der Dinge zu eigen zu machen und so Teil ihrer inneren Verhältniswelt zu werden, mit einer Erkenntnis zu tun, die der oberste Vorsteher mehrmals vor den vollzählig angetretenen Institutsmitarbeitern dargelegt hatte: »Alle Dinge, seien sie Attrappen oder nicht, sind gleich groß. Denn sie sind unendlich groß oder unendlich klein – unfassbar klein, verglichen mit der Größe des Göttlichen, aus dessen Schoß sie gekommen sind, und unfassbar groß, gemessen am Nichts, das zwischen ihnen sein gefräßiges Maul aufsperrt.« Und der Vorsteher fuhr fort: »Merken Sie sich dieses eine Gesetz: Die Dinge sind gleich, und Sie, meine Herren, haben die Aufgabe, diese Gleichheit im Dienste des Instituts nutzbar zu machen. Über Ihnen schwebt wie ein Fallbeil aus Licht das Ziel, aus allem, was es gibt, eine Atrappe von allem, was es gibt, zu machen.«

Manchmal, wenn Hermann Mehrstædt seine Tasten bediente und eine Müdigkeit sich vor der gebotenen Zeit seiner bemächtigen wollte, fragte er sich, wie denn nun diese Gleichheit der Dinge im Interesse des Instituts durchzusetzen sei, wenn man doch immer nur einfach dieselben Tasten drückte in dem Versuch, dies auf jeweils neue Weise zu tun, in Abfolgen, die sich von den vorhergehenden unterschieden? Wenn doch die Dinge gleich waren, waren dann nicht auch die Abfolgen gleich, mit denen er seine Tasten traktierte? Ihm blieb dunkel, wie er den Hinweis des Vorstehers in die Tat umsetzen sollte, und so begnügte er sich mit der Annahme, dass er dies bereits tue, wenn er wie gewohnt in aller Arglosigkeit seiner täglichen Arbeit an den Tasten nachging.

Doch etwas von dem, was der erste Vorsteher so eindringlich wiederholte, war Hermann Mehrstædt tatsächlich zur zweiten Natur geworden, allerdings nur außerhalb des Instituts. Es war so einfach und selbstverständlich: Er starrte den Teller an, bis er sich auf der Höhe seines Kopfes breit wie eine Waldlichtung erstreckte. Dann erklomm er den Rand und ließ sich in das betäubende Weiß des Porzellans gleiten. Sofort wurde er Teil seines Strahlens, und er fiel in Schlummer, als habe der Tellerrand einen Bannkreis gegen all die Dinge errichtet, die an sein Wachbewusstsein appellieren mochten. Genauso war es ihm mit seinem Konterfei ergangen, als er eines Morgens länger in den Handspiegel geblickt hatte:

Unversehens begann er, an einem Barthaar in die Tiefe zu gleiten, wie es Höhlenforscher tun, die sich abseilen, einer im Dunkel verborgenen Felskaverne entgegen; und mit ebensolchen affenartigen Klammerbewegungen der Beine hatte er sich weiter und weiter von dem mondhaft über ihm erglänzenden Gesicht entfernt, bis ihn ein geringfügiges Zucken seiner Lider zurückrief an den Ort, woher er die Szene doch eigentlich betrachtet hatte.

Dieser Vorgänge wegen, die ihn mehr beherrschten, als dass er über sie verfügte, war Hermann Mehrstædt einst imstande gewesen, sich in einem nach alter Manier gefertigten, schwungvoll-ausladenden Schnabelschuh wohnlich einzurichten. Einer venezianischen Gondel nicht unähnlich, hatte er herrenlos neben einer Sitzbank am Fluss gestanden. Ein Selbstmörder musste ihn hinterlassen haben. Jeden Abend zog Hermann Mehrstædt nach getaner Arbeit also seinen Gehrock an, verließ das Bureau, ging zum Fluss hinab und betrat sein häusliches Reich, das ihn hinter der Schuhöffnung mit seiner kargen Möblierung erwartete. Neben dem Bett gab es einen Seitenausgang, der ihm erlaubte, zu Fuß einige Ausgehgassen und die zugehörigen Lokale voller gedämpft beleuchteter Wandnischen zu erreichen, ein dämmriges Arsenal von Entspannungslichtkegeln, die sich so mit der Zeit um ihn angesammelt und recht eigentlich um sein inneres Vorabendbefinden arrondiert hatten.

Just an dem Tag aber – war es Zufall, war es Geschick? –, als er frühmorgens in der Nähe seiner Behausung eine Ikone gefunden hatte, auf der anstelle religiöser industrielle Szenen abgebildet waren, Votivbilder voller Laufkatzen, Hochöfen und einem Walzwerk, dazu bulligen Gestalten zwischen turmhohen Aufbauten, die schwer an ihren Gießerschürzen trugen – gerade an jenem Tag, der wie überglänzt war von seinem migränischen Mutmaßen über diese seltsamen Bilder, betraten sechs dezent gekleidete Männer Hermann Mehrstædts Bureau, um ihn zu einem Fragespiel abzuholen, das sie noch auf den steilen Stiegen zum offenbar unterirdisch gelegenen Besprechungszimmer »die erste Unterrichtung von vielen« nannten.

Sibylle Lewitscharoff Koagulierter Rubin

Wie es zum Stelldichein mit dem Leser gekommen ist, wird nach Traumart gar nicht erst erklärt. Der Leser ist einfach da, über die Maßen selbstverständlich sitzt oder vielmehr hängt er in seinem Stuhl, aber nicht weichlich oder betrübt oder gar kränklich, sondern kraftvoll. An ihm ist nichts Schlaffes zu entdecken. Es schwebt etwas Anrüchiges über der Szene. Die Sonne brennt unbarmherzig herab. Im Lichtfraß verblassen die Farben ringsum.

Irgendwie bin ich von diesem Leser geködert worden, vielleicht durch Mittel, die besser im Dunkel bleiben. Wir sitzen einander gegenüber und reden ein bißchen. Reden dies, reden das. Ein geradezu beängstigend kluger Leser, wie sich herausstellt: ein Mann, der seine Sätze zu wählen weiß, der sie preziös aus dem allgemeinen Wortteig aussticht, wodurch sie eine Weile wie parfümiert in der Luft hängen bleiben. Kein Buch liegt in seinem Schoß, keines vor ihm auf dem Tisch. Aber seine Finger haben schon tausende von Büchern durchblättert, und seine Augen, von einem tiefdunklen Blau, dem selbst die alles um uns herum entwesende Sonne nichts anhaben kann, Blau, in das sich obendrein ein Hauch von Türkis mischt, sie sind schon über Abermillionen von Buchstaben hinweggelitten.

Wenn er ein Buch von Virginia Woolf aufschlage, klängen ihm manchmal Kadenzen von Claude Debussy in den Ohren, und zwar gespielt von Arturo Benedetti Michelangeli, und zwar in einer Höhle – und er wird nicht müde zu präzisieren: in einer Höhle, von deren Decke einzelne Tropfen auf einen unterirdischen See oder eine Pfütze herabfallen, ein helles Pling, *Höhlenplingpling* wie er sagt, das sich mit den Klängen des Flügels mische. Schlage er ein Buch von Vladimir Nabokov auf, stellten sich allerdings gänzlich andere Gehörassoziationen ein.

Oh, wie ich seinen Worten lausche! Das ist ein Mann, der zur Bewunderung einlädt, schmal, das Haar nicht zu lang und nicht zu kurz. Die Augen scharf umzogen, der Mund scharf geschnitten, das Kinn korrekt, nicht zu knochig, nicht zu weich, und immer wieder diese Augen, in die man schier hineinfallen möchte, wäre da nicht eine gewisse Kälte, die einen wissen lässt: Vorsicht! Vertraulichkeiten unerwünscht! Nicht zu vergessen, der Mann ist das Unwahrscheinliche in Person: ein Leser, ein echter zweibeiniger Leser, womöglich der letzte, den die Erde trägt.

Ich kann mich nicht genug darüber wundern, wie ich an seinen Tisch gelangen konnte, bin aber bestrebt, Abstand zu halten, damit ich ihm nicht auf die Nerven falle; auch könnte meine Gier, in eine habhafte Verbindung mit ihm zu treten, mir unkontrolliert aus den Mienen und Gesten fahren und ihn schneller verscheuchen, als er aufgetaucht ist. Das Abstandhalten gelingt zwar, aber es kostet Mühe und wird vom Leser, diesem Ausbund an boshafter Lebendigkeit, wiederholt durchkreuzt. Seine Handrücken sind von Nerven überzogen. Noch bin ich ganz mit diesen Nerven beschäftigt, herrliche Nerven sind das, die beweisen, dass dieser Leser nicht nur klug, sondern auch besonders tatkräftig ist.

Da macht er mir ein ironisches Kompliment über meine Locken. Meine Miene wird säuerlich; dies unangemeldete Vordringen zu meiner Person verlangt eine Zurückweisung, wobei die Miene, die ich selbst von meinem Gesicht ablese, mir etwas zu sehr ins Pfarrertöchterliche verzogen vorkommt.

In diesem Moment verlässt der Mann unseren Tisch, als hätte, was bisher geschah, keinerlei Bedeutung für ihn. Er scheint mich nicht einmal mehr zu kennen; er setzt sich an einen benachbarten Tisch und verschafft mir so nebenher einen Ausblick auf sein Profil. Ein Profil, wie ich es liebe, die Nase scharf, keck bestanden mit einem Büschel widerspenstiger Haare der Hinterkopf. Einladend, wie sein Benehmen ist, wird er nur zu bald eine andere Person an seinem Tisch haben, darauf kann man ruhig wetten.

Liebeskummer fasst mich auf der Stelle, kaum zu sagen, wie schwer. Der Magen krampft sich zusammen, im Hals wird es eng, Tränen wollen sich schon ihren Weg über die Backen hinunter bahnen. Ich habe einen außerordentlichen Leser verloren, noch ehe überhaupt etwas zwischen uns aufgekommen ist, was man eine Verbindung nennen könnte – in dem

Moment blicke ich auf meine Finger: ein Tropfen Blut quillt aus dem Zeigefinger, gerade so, als hätte man mich zur Blutabnahme gestochen, aber anstatt das Blut auch zu entnehmen, beim Stechen sein Bewenden gelassen. Man will nicht mal mein Blut, stelle ich bekümmert fest. Zu meiner Verwunderung zeigt sich, dass es sich nur scheinbar um einen gewöhnlichen Bluttropfen handelt, in Wirklichkeit aber um einen koagulierten Rubin.

Drüben, am Nachbartisch, hebt der Mann herausfordernd den Kopf, als hätte er etwas gerochen: Ich kenne jemand, der bessere Geschichten auf Lager hat, ruft er in die Gegend, zum Beispiel ich eine über mich.

Er legt eine Pause ein und fährt dann ebenso laut fort, als dürften es ruhig alle hören: Mein Blut ist nämlich kein kommunes Säftlein Rosenrot und lechzt nach Beschreibung. Aber es will von einer Hand geschrieben werden und von einem Kopf erfasst worden sein, die genügend Scharfsinn, Talent und Geduld dafür aufbringen.

Verächtlich blickt er kurz zu mir herüber. Ein Augenaufschlag, weiter nichts.

Wieder entsteht eine Pause, die der Mann, welcher jetzt beide Arme auf dem Tisch abgelegt hat, mit einem eleganten Fingerspiel füllt, wobei seine tadellos manikürten Nägel weiß an der Sonne blitzen.

Und ebenso laut, für ein Publikum, von dem sich noch gar niemand zeigt, geht es weiter: Woher die Kühnheit meines Charakters rührt, hat sich schon manch eine von denen gefragt, die sich unglückliche Geschichten aus den Fingern saugen, um sie zu Papier zu bringen. Eine Erklärung gebe ich gern, solange man nicht darauf besteht, Name und Adresse aus mir herauszuholen.

Nun schlägt er kokett die Augen nieder, als hätte man ihn von überallher um Erklärung angefleht: In meinen Adern wallt nicht das wetterwendische, dahin und dorthin schießende Blut des seinem Blute hörigen Normalmenschen. In meinen Adern, die ich nicht anders als Vorzugsadern bezeichnen kann, rieseln koagulierte Rubine. Rubinrote Lippen, rubinrotes Blut, das sagt sich so flott daher und wird unentwegt in Gedichten beschworen und stimmt doch nie außer in meinem Fall. Wenn man mich ein wenig aufkratzt, quillt kein kommunes Blut der Gruppen A, B, AB oder 0 hervor und fällt in dicken Tropfen ab, sondern es rieseln Steine heraus, besagte Rubine. Meine gewaltige Wirkung auf Frauen erkläre ich damit, dass die Frau den Edelsteinmann unter Millionen, die es nicht sind, herauswittert und auf der Stelle in Liebe zu ihm entbrennt. Mein Wort drauf, so und nicht anders ist es!

Besonders den letzten Satz hat er im Ton eines Mannes vorgetragen, den man nehmen muss, wie er ist, da er aus phylogenetischen Gründen nicht anders kann.

Gelangt eine Frau in meine Nähe, fährt er fort, beginnt, sobald ich nur ein wenig Schlaf vortäusche, das fieberhafte Durchsuchen meiner Taschen, Umblättern meines Notizbuchs, Schütteln der Telefonhörermuschel, Betasten meiner Kleider, sogar Untersuchen der Schuhe, ob sich vielleicht die

Absätze herausdrehen lassen und ein Edelsteinversteck freigeben. Natürlich bin ich nicht so dumm, dass ich den Frauen den Weg weise, wo sie zu suchen haben. Ich lache still in mich hinein, wenn eine dieser Verzückten das Ohr an meine Brust presst und lauscht, wie die edlen Steine vom Geröllfeld meines Herzens rutschen und in gewohnten Bahnen weiterrollen.

Der Mann scheint sich bei seiner Rede sehr wohl zu fühlen; triumphierende Blicke wirft er in die Runde, sein rechter Arm ist jetzt lässig über die Stuhllehne gehängt, die Finger der linken Hand, wovon einer mit einem Siegelring geschmückt ist, spielen auf dem Oberschenkel.

Eines muss ich jedoch sorgfältig vermeiden, denn es könnte mich bei meinen Frauen verraten, die, so sie nur das Ohr von meiner Brust abziehen, wieder schlau werden. Nie darf ich mich in ihrem Beisein wiegen. Ich wiege nämlich doppelt so viel, wie ein Mann meiner hageren Statur und mittleren Größe gemeinhin wiegt. Auf einen besonders schweren Knochenbau werde ich mich im Falle der Entdeckung nicht herausreden können, und mit dem Hinweis, eine verfaulte Frucht wiege nun einmal das doppelte einer intakten, täusche ich keine Hellhörige. Mit zunehmendem Alter und mehr Erfahrung bin ich ohnehin vorsichtiger geworden und gebe mich mit Frauen, so lieb sie mir auch einmal waren, nurmehr wenig ab. Statt in ihre auffangsamen Ohren Liebesschwüre zu lispeln, halte ich öfter Zwiesprache mit meinem Blut – oder greife nach einem Buch, fügt er streng hinzu, wendet den Kopf in meine Richtung, und, als wäre das noch nicht Drohung genug, geht sein Zeigefinger in die Höhe: Bücher, in denen ich nicht vorkomme, freuen mich aber nicht!

Nach so langer Rede wirkt der Mann keineswegs erschöpft, im Gegenteil, er hat noch immer die Kraft, so aufforderungslustig in der Gegend herumzublicken, als gehöre sie ihm.

Bei solchen Sätzen hat es natürlich nicht ausbleiben können, dass Schriftstellerinnen angelockt wurden. Obwohl sein einziger Erdenzweck darin zu bestehen scheint, Schriftstellerinnen zu verhöhnen, wirken seine Reden auf diese so unwiderstehlich wie gezuckerte Leimruten auf Stubenfliegen. Und ja, wirklich, sie lassen nicht lange auf sich warten; es nähern sich die ersten, noch schüchtern, als wüssten sie nicht recht wohin und müssten erst überlegen. Dahinter kommen aber schon welche, die zielstrebig den Tisch des einzig verbliebenen Lesers ansteuern.

Wer den Film *Suddenly, Last Summer* im Gedächtnis hat und darin die schreckgeweiteten Augen der bildschönen Liz Taylor, weiß, was jetzt folgen muss. Die erste Schriftstellerin hat ihn erreicht, eine lange dünne, mit Schulterblättern wie Flügel. Eine zweite, eine dritte, eine vierte, bald ein ganzer Haufen macht sich an ihm zu schaffen, und was gewissermaßen rücksichtsvoll begann und zunächst in den Schranken kindlichen Herumtastens blieb, wird mehr und mehr zu einem Fleddern, Zerren, Aufknöpfen, Reißen. Es ist den Schriftstellerinnen egal, ob sie dabei Brillen, Spangen, Ohrclipse und Perlen verlieren, es zählt nur, an das Fleisch und die darin versteckten Adern zu kommen und daraus mit Mündern emporzutauchen, an denen rote Steinchen wie Brösel kleben.

Zwar bin ich nicht so schön wie Liz Taylor, doch auch mir wird ein verstörendes Schauspiel geboten. Das ausgezeichnete Einfühlungsvermögen, das ich früher mit Gepeinigten hatte, scheine ich aber nicht mehr zu besitzen, denn jetzt sehe ich nurmehr diese ringende Gruppe, diesen Haufen auseinander wegstoßenden, einander bewimmelnden Leiber, unter dem der letzte Leser begraben ist. Seinen schon sehr leise gewordenen Schreien ist anzumerken, dass es wohl kaum gelingen wird, ihn später wieder zusammenzusetzen und aufzufüttern.

Tanja Dückers Das Rätsel eines Tages

Pauls Großmutter war sehr fromm gewesen. Als Kind hatte Paul die Innigkeit ihres Betens beeindruckt: Wie sie vor sich hin murmelte, eine Kette in ihren Händen hielt und ihre Finger dabei über aneinander geduckte schwarze Perlen fuhren. Warum diese Kette »Rosenkranz« hieß, verstand er nicht. Wo waren die Rosen? Waren es vielleicht unsichtbare Rosen? Etwas, das man nur sehen konnte, wenn man, wie Großmutter, die Augen fest verschlossen hielt? Wenn Pauls Großmutter betete, konnte nichts in der Welt sie aus ihrem schlafwandlerischen Zustand herausreißen, die Milch konnte überkochen, der Postbote klingeln, Theo, ihr Jagdhund, aufgeregt kläffen – sie dachte nicht daran, ihr Gebet zu unterbrechen. Auch nicht, wenn Großvater sich über sie lustig machte. Einmal sagte er zu ihr: »Die Scheune kann abbrennen, und du merkst nicht, was um dich herum passiert.«

Die Großmutter hatte zurückgegeben: »Das ist ein Rausch, der nichts kostet, Kurt.«

Der Großvater hatte daraufhin sofort geschwiegen und später unauffällig seine Flachmänner im Hausmüll verschwinden lassen.

Einmal, am Ende des Marienmonats, hatte die Großmutter Paul eine blutrote Rose geschenkt und mit einem geheimnisvollen Gesichtsausdruck gesagt: »Die ist für dich, und niemand weiß, woher ich sie mitgebracht habe. Sie wird dir Glück und Segen bringen. Wenn ich mal nicht mehr da bin.«

Pauls Mutter hatte mit Religion nichts am Hut, für sie war Musik, was für die Großmutter Religion war. Der alte Flügel war der einzige Wertgegenstand, den die Familie heil durch den Krieg hatte bringen können – und Pauls Mutter war glücklich, sich neben ihrer Arbeit als Verkäuferin in einer Drogerie und als Köchin in einem Altenheim den Luxus des Klavierspielens leisten zu können. Paul liebte es, wenn die Mutter Klavier spielte. Vor allem faszinierte ihn ihr entrücktes Gesicht, wenn sie – mit geschlossenen Augen – Sonaten spielte. Am liebsten von italienischen Komponisten wie Muzio Clementi. Sie konnte stundenlang spielen, und Paul saß oft nach der Schule auf dem Sofa und hörte ihr zu, während andere Jungen Fußball spielen gingen.

Paul erinnerte sich an einen Sonntagnachmittag, an dem die Mutter wieder einmal Sonaten großer italienischer Komponisten spielte – sie liebte Italien, vielmehr ihre Vorstellung davon, denn in der kargen Nachkriegszeit hatte die Familie nicht genug Geld, um eine Reise ins Ausland unternehmen zu können. Sein Vater ging gerade seinem Lieblingszeitvertreib nach, er spielte mit seinen Freunden im langen Flur zwischen Haustür und Wohnzimmer Darts. Er hatte eine große selbst geschnitzte und bemalte Holzscheibe mit roten, weißen und schwarzen Feldern oberhalb der Tür, die ins Wohnzimmer führte, angebracht. Jede Woche warfen seine Kumpels und er unter Grölen, Jubeln und Fluchen ihre Dartpfeile, dann traute sich Paul nicht mehr in den Flur. Der Gewinner des Nachmittags lud später die Runde zum Biertrinken in die »Kleine Ecke« ein.

An diesem Nachmittag spielte Pauls Mutter schon zum dritten Mal die gleiche Sonate von Clementi, vielleicht hätte sie diese, versunken wie sie war, immer wieder gespielt, wenn da nicht plötzlich ein lauter Schrei gewesen wäre.

Niemand reagierte. Pauls Mutter nicht, weil sie Klavier spielte und ihren Mann nicht hörte, und Paul nicht, weil er fasziniert war von der Verwandlung seiner sonst so stillen, schüchternen Mutter: dem Wilden, Widerspenstigen und Stolzen, das am Klavier plötzlich von ihr ausging. Doch wirkte sie so fern. Ihre Augen waren geradezu angestrengt zusammengekniffen, ihre Lippen aufeinandergepresst, ihr Anschlag war hart heute, Kraft steckte dahinter. Wo war sie in diesen Momenten? War sie im Geiste in Italien, wenn sie diese Noten spielte? Und wie sie spielte! Unter Pauls Füßen vibrierte der Boden.

Da stand der Vater im Wohnzimmer: »Helga, hörst du mich nicht? Ich blute, wo sind unsere Mullbinden, nun hilf mir doch mal!«

Paul starrte seinen Vater an. Ein Pfeil musste ihn am Ohr gestreift haben, es sah aber zum Glück nicht nach einer schlimmen Verletzung aus. Seine Mutter rieb sich die Augen, reagierte immer noch nicht. »Helga, dein gottverdammtes Klavierspiel!« brüllte Pauls Vater los. »Hat sie dich vergessen! Aus den Augen, aus dem Sinn«, mokierte sich Rainer, einer von Vaters Kumpels. Da sagte seine Mutter, wie aus großer Ferne: »Das ist eine Leidenschaft, die niemandem weh tut, Karl.«

Eines Tages schenkte sie Paul ein schönes Buch mit Fotos und Bildern aus Italien. Nicht zum Geburtstag, nicht zu Weihnachten, einfach so. Obwohl sie kaum Geld hatten. Das Buch war in Italienisch geschrieben, es zeigte wundersame Gärten mit Noten an den Bäumen und Aquarelle von Olivenhainen und Zitronenbäumen, in denen sich Kobolde tummelten, doch Mutter war nie in Italien gewesen. »Das ist ein Schatz für dich – niemand weiß und wird je erfahren, wo ich ihn herhabe. Er ist nicht von hier. Er wird dich immer wieder an das Andere im Leben, das Unsichtbare hinter dem Sichtbaren, erinnern, wenn du es brauchst. Wenn ich mal nicht mehr da bin.«

Paul wurde älter und war gut genug in der Schule, um aufs Gymnasium gehen zu können. Pauls Vater wollte, dass Paul später Ingenieur werden würde – denn er hatte gerade Bilder von der Mondlandung im Fernsehen gesehen. »Raumfahrt, das ist etwas für dich! Du musst etwas Technisches machen, das hat Zukunft!« Die Großmutter hatte den Kopf geschüttelt und gesagt – wenige Wochen vor ihrem Tod war das gewesen:

»Wer reisen will, braucht keine Ticket dafür und keine Raumkapsel.« Aber Paul hatte sowieso nicht vorgehabt, Ingenieur zu werden, er war schlecht in Physik, ihm gefielen Zahlen eigentlich nur als Formen, als grafische Figuren, Bildelemente, nicht, um sie miteinanderzukreuzen, aufeinanderzustapeln und wieder voneinander herunterzuschubsen oder was Mathematiker sonst noch so mit ihnen unternahmen. Wenn Paul die Nachmittage nicht zuhause verbrachte, ging er ins Museum. Er liebte die Stille, die dort an Nachmittagen unter der Woche herrschte, das helle diffuse Licht, das von der Decke in den Raum fiel, die hohen Wände, die dem Museum etwas Kathedralenhaftes gaben – wie mickrig war sein Zuhause dagegen. Wenn er lange vor einem Bild gestanden und sich in dieses vertieft hatte, konnte es passieren, dass er sich erschrak, wenn er seine eigenen Schritte, das bedrohliche Knarren auf dem Parkett, wieder hörte.

Er liebte die Gemälde von Hieronymus Bosch – wie oft hatte er sich schon von seinen Wesen anstarren lassen – wie lebendig sie aussahen! Paul mochte aber auch die seltsamen düsteren Landschaften eines Max Klingers – den rätselhaften Riesenvogel, der einen Handschuh stielt und über die Hausdächer mit ihm fliegt ... Schon manchmal war es Paul vorgekommen, als hätte sein Flügelschlag gerade sein Haar aufgeweht. Und über all die Jahre gingen ihm diese beiden Sätze – »das ist ein Rausch, der nichts kostet« und »das ist eine Leidenschaft, die niemandem weh tut« nicht aus dem Kopf. Die längst verwelkte Rose und das wundersame Italien-

Buch bewahrte er in einem Schuhkarton auf, den er mit Silberpapier ausgeschlagen hatte, sodass er wie ein Schatzkästchen aussah.

Eines Tages, als Paul von der Schule nach Hause kam, erzählte ihm sein schluchzender Vater, dass seine Mutter am Vormittag gestorben sei – an einer Hirnblutung, innerhalb weniger Stunden. War das wahr, was der Vater erzählte? Seine Stimme klang fern, ferner mit jedem Wort. Wie viele Welten konnten nebeneinander existieren? Mit steifen Beinen, ganz still, trat Paul an das Bett seiner Mutter. Da lag sie – ihre Augen geschlossen, als wären sie immer geschlossen gewesen. Der Totenschein des Arztes lag auf ihrem Schoß, ein kleines, gemeines Stück Papier. Doch ihre Hand war noch schwach lauwarm, als er sie berührte. Er konnte sich überhaupt nicht vorstellen, dass seine Mutter nicht mehr da sein würde – statt Trauer überkam ihm zunächst nur ein Gefühl von Unwirklichkeit, wenn er morgens ihrem leeren Platz am Küchentisch gegenüber saß. Wo war Mutter? Im Grunde schien Paul jeden Tag auf ihre Rückkehr zu warten, seine Gefühle gehorchten nicht seinem Verstand, nicht mal die Beerdigung – sie kam ihm vor wie ein Theaterstück – konnte ihn innerlich davon überzeugen, dass seine Mutter wirklich tot war. Manchmal hielt er sich die Ohren zu, und sein Blut schien im Takt einer Clementi-Sonate zu rauschen.

In den folgenden Wochen hielt Paul es zuhause nicht mehr aus, das Klavier schien ihn anzustarren, das Sofa, auf dem er immer gesessen hatte, der Küchentisch, an dem seine Mutter das Essen zubereitet hatte – direkt nach der Schule ging er ins Museum, oft erledigte er noch auf den Stufen vor dem Eingang seine Hausaufgaben.

Auch an diesem Nachmittag ging Paul, nachdem er ein trockenes Brötchen und einen Apfel als Mittagessen in der Straßenbahn verzehrt hatte, wieder ins Museum. Seit Beginn der Woche wurde eine Sonderausstellung gezeigt. Paul hörte wie immer das laute Knarzen, als er von einem Kunstwerk zum nächsten schritt. Vor einem Gemälde, das ihn besonders ansprach, blieb er stehen:

Vor ihm erstreckte sich eine – vielleicht italienische – Stadtlandschaft. Doch obwohl ein großes Denkmal zu sehen war, schien die Leere der eigentliche Inhalt des Gemäldes zu sein – eine eigentümliche Leere war das, eine Leere und Stille trotz warmer, mediterraner Farben. Und das Denkmal kehrte dem Betrachter den Rücken zu, was für ein merkwürdiges Bild. In der Ferne stand ein riesiger, weißer, dicker Turm, dessen Bedeutung vollkommen unklar war, drei Wimpel wehten auf ihm. Am Horizont fuhr ein Zug. Doch wo waren die Menschen, die Passanten geblieben? Standen da hinten zwei Männer – allein – auf der weiten Ebene? Was trugen sie für altmodische Hüte? Was war das für ein seltsamer Ort? Paul trat näher an das Gemälde heran, es knarzte und knarzte, näher und näher – und noch näher. Was war das für ein Zug dort – und was für ein Denkmal und was für ein Arkadengang, diese langen Schatten ... Es knarzte nicht mehr, es hallte – er merkte auf einmal, wie es warm um ihn herum wurde. Die Luft roch anders, vielleicht nach Gewürzen. Paul begann weiter zu gehen. Am Horizont fuhr und fuhr der Zug. Doch warum hörte er ihn nicht? Er lief ein Stück weiter. Ihm fiel auf, wie lang der Schatten war, den er warf – doch war es nicht früher Nachmittag? Wo war das Sonnenlicht? Der Himmel über ihm war von einem seltsamen dunklen Grün, wie Samt. Nur über dem Horizont hellte er sich etwas auf.

Paul trat jetzt an einen der weißen leeren Arkadengänge heran und befühlte die Wand. Er hatte mit rauem Putz gerechnet, doch die Wand fühlte sich hohl an – er klopfte daran. Die Wand schien ihm eine Kulisse zu sein. Die Perspektiven wirkten seltsam, merkwürdig verzerrt. Hatte er Facettenaugen bekommen, oder was gehörte hier wie zusammen? Dann sah er plötzlich den Schatten eines Mädchen, das einen Reifen rollte, eine Art Hula-Hoop-Reifen – er starrte dem Schatten hinterher – doch wo war das Mädchen? Nur ihr Schatten flog an ihm vorbei.

Paul ging weiter, merkwürdigerweise verspürte er keine Angst. Er dachte an niemanden und nichts. Er lief durch die eigentümliche leere Stadt, vorbei an Brunnen und Denkmälern, an Bahnhöfen und leeren Waggons. An roten Türmen und Häusern mit schwarzen Fenstern und Türen. Als er an eine Toreinfahrt kam, wollte er in den Hof huschen, doch stieß er sich den Kopf. Da bemerkte er, dass die schwarzen Fenster und Türen mit dunklen Wänden versehen waren. Er klopfte an die Wand. Da zog sie sich wie von Geisterhand auf – und bot ihm ein Bild des Schreckens: zerstückelte Körper, Tote, in Bergen aufeinander. Ihm blieb die Spucke weg – wo war er? Da hörte er eine Stimme: »Willkommen im Krieg.« Er machte zwei Schritte zurück, und die schwarze Tür fiel wieder vor ihm zu. Das niedrige Fenster, an dem er jetzt entlang torkelte, noch unter Schock stehend, hatte er gar nicht absichtlich öffnen wollen, doch hatte er es wohl mit seinem Ellbogen oder Jackenärmel gestreift. Schon ging es auf – Männer mit verbundenen Köpfen lagen in Metallbetten, oft zu zweit in einem. Manchen fehlten Gliedmaßen, andere trugen Binden um die Augen. »Willkommen im Militärlazarett von Ferrara!« rief eine Krankenschwester in altmodischer Kleidung ihm zu. Rasch entfernte er sich, noch einen Blick auf einen Mann erhaschend, der ihn mit melancholischer Miene ansah und, wie ihm schien, hektisch auf einen Papierblock zu zeichnen schien.

Jetzt konnte Paul am Horizont, schemenhaft, ein großes Schloss erkennen. Der Weg zum Schloss bestand aus braunen Holzbrettern – es kam ihm vor, als würde er auf einer Bühne spazierengehen. Wie konnte das Schloss auf diesen Brettern stehen? Da thronte es am Horizont. Und, in gemessenem Abstand vor ihm, bemerkte er jetzt eine Figurengruppe – es waren Statuen, aber aus Holz, die auf bunten, ja, wie sollte er das nennen, Bausteinen saßen – sie sahen aus wie das Spielzeug von einem Clown oder einem Zauberer. Eine Figur stand – es sah aus, als wäre ihr Torso auf eine Säule aufgepfropft. Eine andere, dickliche, saß auf einem blauen Würfel. Ihren Kopf hatte sie neben sich abgestellt. Paul wunderte sich, wie wenig er sich darüber wunderte. Er trat einfach an die dickliche Frau heran. Anstelle ihres Kopfes, der neben ihr stand, befand sich nur ein sehr kleiner schwarzer Holzkopf, der vorn wie hinten gleich aussah. Keine Augen, kein Mund, nichts. Und doch sprach sie zu ihm: »Sei nicht beunruhigt, geh weiter …!« Da lachte die andere hohe Figur, die auf einem Sockel aufgepfropft worden zu sein schien: »Dies ist ein Test … läuft der Passant fort, wenn er uns sieht, oder geht er weiter … auf die Burg zu …?«

»Was ist das für eine Burg?«

»Das ist das Este-Kastell in Ferrara, mein Kleiner.«

»Und – was passiert da? Warum soll ich dort hingehen?«

»Das weiß ich auch nicht … jedem passiert etwas anderes dort, ich kann dir nicht sagen, was dort mit dir passiert … der Himmel grünt so sehr, ich möchte mich jetzt in meinen eigenen Schatten zurückziehen.«

Damit verschloss sich die Öffnung in dem Holzkopf, und tat sich nicht mehr auf. Der Kopf-Stumpf der Statue – oder Puppe – sah aus, als hätte er nie anders ausgesehen, als sei nie ein Laut aus ihm gedrungen.

Paul trat näher an die Burg heran. Sie war von einem lodernden Rot, die Farbe war ihm unheimlich. Kleine Fähnchen flatterten wild im Wind, doch eigentlich schien im die Stadt komplett windstill. Irgendwie schienen hier andere physikalische Verhältnisse zu herrschen. Das Kastell wurde immer größer, je näher Paul trat. Es war massiv und hatte nur kleine

Fenster, wie Schießscharten. Statt Türen sah er nur zwei große schwarze Öffnungen, eine dritte war zugemauert worden. Sollte er da hineingehen? Er drehte sich noch einmal zurück zu den Frauen. Starr, mit geradem Rücken, saßen sie auf der Straße, als hätten sie sich nie gerührt. Und als würden sie sich auch nicht rühren, wenn er um Hilfe schrie.

Doch irgendetwas zog ihn an der Dunkelheit, die aus dem Inneren der Burg drang, an. Er trat durch den rechten Torbogen. Er tastete sich durch den Gang – Schweiß rann ihm über die Stirn, wie heiß es hier drin war, in dieser großen, roten Feuerburg.

Da stand er plötzlich in einem hell erleuchteten Raum. Er war leer. Doch hörte er Musik. Klaviermusik. Sonaten – von Clementi.

»Wo bist du?«, rief er.

Da antwortete eine Stimme, die ihm vertraut klang: »Ich bin nicht mehr da, mein Sohn, ein roter Vorhang aus Rosen, nicht aus Blut, sickerte mir in meine Gedanken, aber alles, alles, was wir zusammen erlebt haben, ist für immer wahr gewesen und wird mit keinem Tag in Zukunft weniger wahr gewesen sein ... und wenn du mich wieder treffen willst und mich spielen hören willst, wie früher, dann komm hierher zu mir, ins Kastell ... du weißt, jetzt wo du mich hören kannst. Und vergiss nicht: Das ist ein Rausch, der niemandem weh tut.«

Dann zog ein Mann, den er vorher nicht gesehen hatte, eine Art Diener, lächelnd eine Tür vor ihm zu. Und wieder umgab ihn Dunkelheit.

Er tastete sich an der Wand entlang, bis er an eine Türklinke kam. Er drückte sie herab. Helles Licht fiel auf ihn. Große schwarze Perlen rollten wie von Geisterhand bewegt in diesem Raum herum. Dann sah er seine Großmutter an einem Tischchen sitzen und Obst essen. Irgendwoher kläffte Theo. Sie lachte ihn mit vollem Mund an: »Wir wussten, dass du kommst! Lass uns beten und Boule spielen. Mit den bunten Kugeln hier!«

»Warum Boule?« wagte er seine Großmutter zu fragen.

»Versenkung und Zerstreuung, das sind zwei Seiten einer Medaille, man kann sich nur selbst finden, wenn man bereit ist, sich immer wieder zu verlieren, im doppelten Wortsinn, mein Lieber. Schön, dass du den Mut hattest, hierher zu kommen.«

Dann lachte sie noch einmal laut und fröhlich. Ein Diener, den er vorher nicht gesehen hatte, schloss die Tür mit einer Verbeugung vor ihm. Verwirrt trat Paul zurück. Plötzlich stand das Mädchen mit dem Reifen neben ihm, im Dunklen, und sagte: »Du hast deinen Burgbesuch beendet, komm, ich führe dich nach draußen. Du weißt jetzt, dass du sie immer wieder sehen kannst.«

»Es ist so dunkel …«, stammelte Paul.

Das Mädchen lachte und rieb ihre Hände an dem Reifen. Da begann er zu leuchten. Sie rollte ihren Hula-Hoop-Reifen durch den langen Gang und erhellte ihn so für Paul und sich.

Und schon stand er wieder auf dem großen leeren Vorplatz des Schlosses. Das Mädchen huschte in einen Arkadengang und war verschwunden. Nur ihr Reifen rollte noch, jetzt ohne Licht und Glanz, in einem Gang herum, bis er schließlich umkippte und liegen blieb.

Paul fühlte sich etwas erschöpft, auch hatte er Hunger. Er ging zurück zu den Frauen, aber sie saßen nur da wie Statuen und sprachen nicht mehr mit ihm. Er spazierte über den merkwürdigen Bretterboden, immer weiter, an von innen erleuchteten, aber leeren Arkaden, an Brunnen und Statuen vorbei, da stieß er auf einen Torso. Ein Torso von einem Mann – vor ihm lag ein Bündel kleiner Bananen. Paul blickte sich um. Niemand beobachtete ihn, die Bananen schienen vergessen worden zu sein. Bananen! Das war doch etwas Besonderes. Sie sahen noch frisch aus. Er nahm sich zwei. Eine schälte er sich jetzt, die andere steckte er sich hinten in die Hosentasche, als Proviant. Plötzlich hielt ein Zug vor ihm.

Er stieg ein – es war ein sehr langer Zug, und er war der einzige Passagier. Der Zug fuhr und fuhr, vorbei an leeren Bahnhöfen und roten Hügelketten, er fuhr nach Turin, Mailand und Genua – an leeren Plätzen und an einem grünen, ach so grünen Himmel vorbei. Dann fuhr der Zug einen großen Kreis, vielleicht durch ein Minitatur-Italien, plötzlich stand Paul wieder dort, wo er eingestiegen war.

In der leeren Bahnhofshalle stand ein kleines Männchen vor einem Haufen Uhren. Jetzt begriff Paul, was es tat. Es installierte die Zeiger in die Uhren.

Da sagte der Mann: »Das ist ein Rausch, der alles mit sich reißt.«

»Was?«, wollte Paul sagen, er öffnete den Mund, er merkte, wie er die Lippen bewegte, aber er hörte nichts.

Der Alte schien ihn trotzdem verstanden zu haben:

»Die Zeit. Allgemein – und, *diese* Zeit. Der Krieg, der Krieg, die Barbarei, die Fabriken, die Mechanisierung, die Automatisierung, die verrückten Großstädte, die Landflucht, diese … Sinnlosigkeit in all dem kirren Treiben überall … der Wahnsinn! Wissen Sie, ich stelle die Zeiger immer wieder zurück, jeden Tag und jede Nacht, aber hier sind Tag und Nacht ja einerlei, aber sie überlisten mich immer wieder, die Uhren haben kein Getriebe und nichts, kein Innenleben, nichts als Leere, und dennoch, die Zeit – sie rennt! Nur um des Rennens willen, verstehen Sie? Nur um des Rennens willen! Und nun, lauf junger Mann, lauf um dein Leben, bevor sie dir ein schwarzes gefräßiges Loch in deinen Rücken und ein noch viel gefräßigeres Nichts in deinen Kopf blasen …«

Auf einmal hörte Paul in der Stille ein dröhnendes Geräusch. Er wollte rennen, aber er kam nicht voran. Jemand packte ihn an der Schulter, Paul schrie auf, riss die Augen auf – da stand der Museumswärters hinter ihm: »Wir – schließen – jetzt, verdammt nochmal, haben Sie den Gong nicht gehört? Sind Sie denn taub?«

Paul wich erschrocken vor dem wütenden Wärter zurück. Das erste, was ihm auffiel, war, dass er seine Schritte wieder hören konnte. Dieses Knarzen. Der Wärter machte jetzt eine

Kopfbewegung in Richtung Ausgang. Paul versuchte, einen Blick auf das Schildchen mit dem Namen des Malers und dem Titel des Gemäldes zu erhaschen – irgendetwas Italienisches, glaubte er –, doch da schob sich der Wärter, breit und dick wie er war, zwischen ihn und das Bild. Über seinem Kopf sah Paul noch eine Lok an hohen, roten Fabriktürmen vorbeifahren und ihren weißen bauschigen Rauch in den grünen, ach so grünen Himmel stoßen. Ein Bausch, ein Rausch, festgehalten für immer, regungslos.

»Haben Sie überhaupt ein Ticket? Darf ich mal Ihr Ticket sehen?«, blaffte ihn der Wärter an.

»Ticket ... das Ticket, hm, weiß nicht mehr, wo ich das habe«, gab Paul unsicher zurück. Er wühlte in seinen Hosentaschen.

»Ihr Ticket!! Hören Sie mal: Das ist ein Rausch, der was kostet und« – er packte Paul fest am Oberarm – »der auch wehtun kann.«

Paul fasste in etwas merkwürdig Matschiges in seiner hinteren Hosentasche und in irgendeinen anderen Kleinkram. Das Ticket fand er nicht. Schließlich drückte er dem Wärter einfach ein paar Münzen, sein letztes Taschengeld, in die Hand, dann riss er sich los und eilte nach draußen. Wie kalt, wie frisch es doch hier war. Eisblau der Himmel, der Boden unter ihm nicht aus Holz, sondern Stein. Er knöpfte sich rasch seinen Mantel zu, legte seinen Schal um, so, dass man die Löcher darin nicht sah. Beim Gehen störte ihn etwas in seiner hinteren Hosentasche. Er fand die zweite, etwas matschige Banane, die er vor dem Torso gefunden und für den Rückweg eingesteckt hatte. Staunend hielt er sie hoch. Ein paar Leute drehten sich nach ihm um, manche mit neidvollem Blick. Dann ließ er es sich schmecken.

Joachim Zelter   Die schwierigste Sprache
der Welt

Wie ungemein seltsam manche Amerikaner mit Fremdsprachen umgehen. Es gibt Amerikaner, die nicht einmal wissen, dass es Fremdsprachen überhaupt gibt. Ein Europäer kommt nach Amerika und wird dort auf seine Herkunft angesprochen: »Sie kommen aus Europa? Sie kommen wirklich aus Europa? *Great!*« Der Mann aus Europa will daraufhin erklären, was seiner amerikanischen Umgebung noch gar nicht aufgefallen ist: dass er gut Englisch spricht. Und wie es kommt, dass sein Englisch so gut ist. Er habe bereits in der Schule Englisch gelernt, in Deutschland, er sei nämlich Deutscher, *great*, und sei dann nach England gegangen, um dort sein Englisch zu perfektionieren. Deshalb habe er einen britischen Akzent. *Great!* Doch er könne auch Französisch sprechen und Italienisch und Spanisch und … *Great!* Sie klopfen dem Gast aus Europa anerkennend auf die Schulter: »So viele Dialekte können Sie sprechen? Sie sollten Schauspieler werden.« Ja, es gibt Amerikaner, die eine andere Vorstellung von Fremdsprachen haben als Europäer. Fremdsprachen? Die gibt es in Amerika nicht. Allenfalls fremde Dialekte oder Akzente. Demnach ist das Französische nur ein etwas ungewohnter

Akzent, ein Akzent des Amerikanischen: *Une langage est une faculté que les hommes ont pour communiquer.* Was das bedeutet? Wen schert's?! Um welche Sprache es sich handelt? Nein, es ist nicht Französisch, sondern Amerikanisch, nuschelig akzentuiertes Amerikanisch, irgendein bizarrer Dialekt aus der Bronx. Dies ist der Grund, warum viele Amerikaner Fremdsprachen so aufgeschlossen gegenübertreten. Eine Fremdsprache? Nichts leichter als das. Es handelt sich ja um die eigene Sprache, die nur etwas fremd gesprochen wird. Man muss nur genau hinhören, dann wird man es schon verstehen, oder besser noch, der Franzose soll deutlicher sprechen, das heißt Englisch sprechen, damit ein Amerikaner sagen darf: »Ich kann Französisch.«

Es ist dieser Sprachoptimismus, der ganz maßgeblich die Didaktik des Fremdsprachenunterrichts in Amerika geprägt hat. Die Amerikaner mögen ein eigenwilliges Verhältnis zu Fremdsprachen haben, doch sie sind Meister der Didaktik. Die erste Grundregel ihrer Fremdsprachendidaktik lautet: Eine Fremdsprache ist ein Kinderspiel, das jedermann in kürzester Zeit erlernen kann. Zweitens: Eine Fremdsprache ist für das Ohr und für den Mund, nicht für das Auge und für die Hand. Man muss nur genau hinhören, dann wird man's verstehen. Oder: Die fremde Sprache soll deutlicher sprechen, dann wird sich alles Weitere finden. Drittens: Es gibt keine Grammatik. Die Grammatik ist eine Erfindung der Europäer und ihrer Lehrer, um im Namen einer Fremdsprache zu verhindern, diese Fremdsprache jemals zu sprechen. Viertens: Das

Lernen von Vokabeln ist überflüssig. Es geht um das Imitieren von Akzenten, denn alle Sprache ist Akzent. Die Bedeutungen werden sich finden. Fünftens: Ein Soldat muss und kann genauso schnell eine Fremdsprache erlernen wie ein Student. Warum? Die amerikanische Fremdsprachendidaktik ist ein Kind des Krieges, des Zweiten Weltkrieges, als Lehrer und Professoren dazu verpflichtet wurden, Hunderttausenden von GIs in kürzester Zeit die europäischen Sprachen beizubringen: zunächst das britische Englisch, vor der Landung in der Normandie dann Französisch, nach den Ardennen schließlich Deutsch …

So die Ausführungen von Professor Spivack, *die* Kapazität für Sprachen und ihre Didaktik an der Yale University, der uns Deutsche nach unserer Ankunft zu einem Sprachpädagogikkurs bestellt hatte: *Deutsch in hundert Tagen*, war das Motto dieser Veranstaltung: »Ich will«, sprach Professor Spivack, »dass unsere Studenten nach 100 Tagen Deutsch können.« Er lächelte. »Ich will, dass unsere Studenten dabei mit der besten Note abschließen. Mit einem A. Yale wird mit A geschrieben. A, Yale. Merkt euch das. Ich will Erfolg. Ich will, dass unsere Studenten Erfolg haben. Ich will, dass ihr Erfolg habt.« Er fixierte uns. »Es gab Soldaten, die nach fünfzig Tagen Deutsch konnten. Ich selbst konnte es nach dreißig Tagen. Französisch nach vierzig Tagen. Spanisch in siebzig Tagen.« Und er listete unzählige Sprachen auf, die er in olympischen Rekordzeiten erlernt hatte: Italienisch, Litauisch, Slowenisch, Polnisch, natürlich Russisch, Albanisch, Portugiesisch (ein Kinderspiel),

Joachim Zelter

Chinesisch (eine Enttäuschung), Bengali (an einem Wochenende), Arabisch (nichts leichter als das), Deutsch (Pah), Persisch (nicht unschlau), Ungarisch (endlich eine Herausforderung) usw. All diese Sprachen könne er sprechen, wenn auch nicht gleichzeitig, so doch hintereinander. In diesen Sprachen könne er denken, träumen, schreiben, essen, sterben. »Ein Kinderspiel. Alles eine Frage der Methode«, sagte Spivack, und er beklagte sich, dass es nicht mehr viele Sprachen gebe, die er noch erlernen könne, dass immer mehr Sprachen aussterben würden und dass die Sprachen, die unsterblich etabliert seien, eine geradezu banale und durchschaubare Struktur hätten. »Sie sind eine Enttäuschung.« Deshalb habe er eine eigene Sprache entwickelt, die schwierigste Sprache der Welt: MODLAW, *Most Difficult Language of the World*. Diese Sprache, so Spivack, hätten wir in den nächsten vier Wochen zu lernen. »Wer diese Sprache gelernt hat, wer gelernt hat, diese wahrhaft schwierige Sprache zu lernen, in vier Wochen, der kennt meine Methode, und wer meine Methode kennt, der kann unseren Studenten in hundert Tagen Deutsch beibringen.« Wir schauten uns besorgt an. »Wer seine eigene Sprache unterrichten will, der soll zuerst am eigenen Leib erfahren, was es bedeutet, eine fremde Sprache zu lernen.« Ich dachte mir: eine gute Idee – doch eine Idee unter der ich sehr leiden sollte.

Und wie ich leiden sollte! Am nächsten Morgen stürmte Spivack ins Klassenzimmer. Stille. Spivack räusperte sich. Dann fing er an zu sprechen, *Modlaw*, seine Sprache, eine Sprache, die fast nur aus Konsonanten besteht und die sich auch entsprechend anhört: wie eine knirschende, zischende, würgende Apparatur; eine phonetische Geisterbahn; jedes zweite Wort ein epileptischer Anfall oder ein akustischer Unfall. Er sprach und sprach – wir verstanden natürlich kein Wort. Nach fünf Minuten hörte er plötzlich auf zu sprechen und er bedeutete uns, wir mögen auf seine Ansprache reagieren. Wir saßen sprachlos und mit speichelbedeckten Gesichtern vor ihm. Spivack haute seinen Ellbogen auf den Tisch und wiederholte seine Ansprache. Erst später merkten wir, dass diese Ansprache nur ein einziges Wort war, das soviel bedeuten sollte wie Guten Tag oder Guten Morgen, und es dauerte den ganzen Tag, bis wir in groben Zügen dieses fünfminütige Monstrum von einem Wort über die Lippen brachten. Während der Mittagspause lutschten wir Halswehtabletten und versuchten dieses eine Wort auswendig zu lernen. Dann kam Spivack wieder ins Klassenzimmer zurück, paradierte händeschüttelnd an uns vorbei, begrüßte jeden von uns mit seinem fünfminütigen Wort und erwartete von jedem, diesen Gruß zu erwidern. Ein Albtraum. Wie Michelinmännchen wanden wir uns in Spivacks unerbittlichem Händedruck und japsten nach Worten für dieses fünfminütige Wort.

Am Anfang war das Wort, ein fünfminütiges Wort, und das Wort war mit Spivack, und das Wort war Spivack, und er ließ erst dann von uns ab, als bis jeder von uns dieses Wort aussprechen konnte. Die Aussprache war schon schlimm genug – sie glich dem röchelnden Todeskampf eines Lungenkranken –, doch das größte Problem war nicht die Aussprache, sondern die Frage, wie man sich ein solches Wort überhaupt merken kann. Es dauerte Stunden, bis wir es einigermaßen behalten konnten, bis zum Abend, als Spivack sich anschickte, uns das zweite Wort seiner Sprache vorzusprechen, ein Wort das glücklicherweise nur etwa drei Minuten dauerte und soviel bedeuten sollte wie Guten Abend oder Gute Nacht. Spivack sprach mit Vorliebe auf mich ein, schüttelte meine Hand, scheuchte mich zur Tür, dann zum Fenster, alles im bellenden Ton eines mexikanischen Banditenführers, stieß mich schließlich zur Tafel. Dort sollte ich unverständliche Grunzlaute niederschreiben, die so etwas wie das Alphabet seiner Sprache darstellen sollten. Erst gegen ein Uhr nachts ließ er uns nach Hause, um am nächsten Morgen fortzufahren mit der Tortur von *Modlaw* in 31 Tagen.

Mark Twain schrieb einen Essay über die schreckliche deutsche Sprache. Ich könnte ein ganzes Buch schreiben über die schreckliche, grauenhafte, widerwärtige Sprache von Spivack, *Modlaw*, in der Tat die schwierigste Sprache der Welt, aber auch die häßlichste, gemeinste, hinterhältigste, hirnrissigste, zungenverrenkendste, schmerzhafteste Sprache der Welt, eine Form der Körperverletzung und eine Verletzung des gesunden Menschenverstandes. Man nehme das einfachste Wort dieser Sprache, das Hauptwort Frau, das aus circa 300 Buchstaben besteht (darunter nur 15 Vokale oder vokalähnliche Ruhepunkte). Die ersten 30 Buchstaben markieren den Artikel und das Geschlecht dieses Wortes. Die deutsche Sprache hat drei Geschlechter: männlich, weiblich, sächlich. In Spivacks Sprache verzweigen sich diese Geschlechter in unzählige Spezifika. Da gibt es nicht nur männlich, sondern jungmännlich, mittelmännlich, altmännlich, totmännlich, bösmännlich, gutmännlich, unmännlich und so weiter. Und da gibt es nicht einfach nur das weibliche Geschlecht, sondern weiblich, weibisch, fräulich, jungfräulich, mittelfräulich, altfräulich, totfräulich, gutfräulich, bösfräulich usw. Und auch das Neutrum unterteilt sich in ein Positivum, Negativum, Expensivum, Biophilum, Necrophilum ... Die nächsten Buchstaben erweisen dann, um welche Art von Artikel es sich handelt. Im Deutschen gibt es den bestimmten und den unbestimmten Artikel. In *Modlaw* gibt es den bestimmten, unbestimmten, ungestimmten, abgestimmten, verstimmten, zweckbestimmten, unzweckbestimmten und zwecklosen Artikel. Die darauf folgenden Buchstaben bilden dann den Fall des Hauptwortes. In *Modlaw* gibt es nicht nur den Nominativ, Genitiv, Akkusativ, Dativ, Ablativ, Vokativ, sondern überdies einen Naiv, Lukrativ, Kurativ, Kollektiv, Kumulativ, Kulminativ, Intensiv, Extensiv, Dekorativ, Dekonstruktiv und einen Lasziv. Wenn ich also in Spivacks Sprache das Wort Frau in den Mund nehme (die armen Frauen), dann sage ich nicht einfach nur Frau, sondern kann mit diesem einen Wort sehr Unterschiedliches sagen. Zum Beispiel: *die bestimmte, aber verstimmte und unzweckbestimmte bösfräuliche Frau von einem extensiv lasziven Verlangen getrieben*. Oder: *eine abgestimmt altfräuliche Frau durch oder von irgendetwas geheilt*. Mit derartigem Irrsinn verbrachten wir unsere Tage und Nächte.

Es gab Klassenarbeiten und mündliche Prüfungen. Jeden Tag hörte Spivack Vokabeln ab. Einer von uns – sein Name ist Bernhard – verlor die Nerven. Spivack forderte ihn auf: »Dekliniere das Wort Mann im verstimmten Artikel und totmännlichen Geschlecht vom Lukrativ bis zum Kulminativ!« Bernhard konnte es nicht. Spivack haute seinen Ellbogen auf den Tisch. »Dekliniere das Wort Mann im verstimmten Artikel und totmännlichen Geschlecht vom Lukrativ bis zum Kulminativ!« Bernhard stammelte die Fragmente eines Wortes. Spivack rief empört: »Der Akzent! Was macht er mit meinem Akzent?!« Bernhard fing an zu zittern. Sein Gesicht verlor jede Ordnung. Er stierte auf meinen Schuh. Plötzlich stand er auf und lief mit eckigen Bewegungen durch den Raum. Sein Gang glich den letzten Schritten eines geköpften Huhns. Er wollte sprechen, doch er presste nur Laute, deutsche Laute, englische Laute, *Modlaw*-Laute. Er konnte in keiner Sprache mehr sprechen. Sein Mund öffnete sich zu einem Vokal. Der Vokal war ein einziger Schrei. Spivack packte Bernhard an den Schultern und führte ihn hinaus. Fünf Minuten später kam er wieder zurück, ohne Bernhard, und deklinierte das Wort Mann im verstimmten Artikel und totmännlichen Geschlecht vom Lukrativ bis zum Kulminativ.

Spivack betonte immer wieder, dass *Modlaw* nicht nur eine schwierige, sondern auch eine rationale und schöne und auch poetische Sprache sei. Was hätte Shakespeare nicht alles erreichen können, wenn er *Modlaw* gekannt und in dieser Sprache geschrieben hätte. Und um die poetischen Möglichkeiten seiner Sprache unter Beweis zu stellen, bestimmte er für den letzten Tag des Kurses eine Abschlussprüfung, in der wir auf *Modlaw* ein Liebessonett schreiben sollten.

Am Tag der Prüfung saß eine junge Frau mit langen schwarzen Haaren auf einem Podest, das mitten im Klassenzimmer aufgestellt war. Wir hatten sie nie zuvor gesehen. Sie würdigte uns keines Blickes. Wir dachten: Vielleicht eine Prüfungsaufsicht. Doch sie schien für dieses Amt viel zu jung und auch zu teilnahmslos. Außerdem saß sie in einem seidenen Morgenmantel, kaum die passende Kleidung, um eine Prüfung zu beaufsichtigen. Doch in Amerika ist alles möglich. Wir sprachen sie an: »Good Morning!« Sie reagierte nicht. Wir sprachen auf *Modlaw*. Sie antwortete nicht. Sie saß unbewegt und abwesend, als wäre sie gar nicht hier, als säße sie allein in einem Zimmer, eine völlig private Person, die sich öffentlich darbietet. Mit ausgestreckten Beinen saß sie vor uns wie vor einem Fernsehapparat und döste vor sich hin. In manchen Momenten wirkte sie, als hätte man sie soeben aus dem Schlaf gerissen und als würde man sie mit einer Taschenlampe blenden. Sie hatte keine Unterlagen bei sich. Sie hatte überhaupt nichts bei sich oder um sich. Nichts, um unseren Blicken auszuweichen oder worauf ihr eigener Blick hätte ruhen können. Nichts von der gewöhnlichen Emblematik einer bevorstehenden Prüfung, kein dienstbeflissenes Hantieren, nichts was ihre Anwesenheit hätte erklären oder rechtfertigen wollen, außer der Verweis auf sich selbst, ein rein körperliches Selbst, das einfach dasaß: Ich sitze, weil ich sitze, weil ich sitze.

Der einzig ersichtliche Grund ihrer entwaffnenden Position und Pose war der Stuhl, auf dem sie saß. Sie leistete sich die schwierigste aller öffentlichen Darbietungen: Sie rechtfertigte sich nicht.

Spivack trat ein, zeigte auf das Podest und rief: »Meine Tochter. Kleine Inspiration für das Liebessonett. Doch bitte nicht malen, sondern schreiben.« Was hätte ich über seine Tochter nicht alles schreiben können, viel, sehr viel: über ihren Hals und ihr Haar, ihre langen Beine, ihr Gesicht, über ihre betörende Gegenwart, aber auch über ihre Vergangenheit, beispielsweise über ihre Kindheit. Was hätte ich nicht alles schreiben können und auch schreiben wollen, nur nicht auf *Modlaw*. Ich fragte mich beispielsweise: Ein Sonett hat 14 Zeilen. Das kürzeste Wort in *Modlaw* besteht aber schon aus 300 Buchstaben. Nicht einmal dieses eine Wort könnte man in 14 Zeilen zwängen. Und selbst wenn dies möglich sein sollte, so müsste man dieses eine Wort 13 Mal trennen. Doch *Modlaw* ist eine strenge Sprache, die keine Trennung erlaubt. Ich sprach Spivack auf diese Probleme an, der antwortete: »Dann schreib ein bizarres Liebessonett.« Also schrieb ich ein bizarres Liebessonett. Ich besorgte mir einen riesigen Zeichenblock, groß genug, um wenigstens (bei kleinster Schrift) ein Wort in eine meterlange Zeile zu bekommen. Nach einer Stunde war das erste Wort geschrieben: Frau, im jungfräulich-verstimmten Artikel und kurativen Fall. Mehr fiel mir nicht ein. Ich starrte auf die Beine von Spivacks Tochter. Was heißt Bein auf *Modlaw*? Ich wusste es nicht.

An der Wand tickte eine Uhr. Ich würde die Prüfung nicht bestehen. Ich sah mich bereits im Bus auf dem Weg zum Flughafen nach New York, einem Brief nacheilend, ein Brief von Spivack an meine Universität in Deutschland, in dem steht: *Prüfung nicht bestanden. Schicken Sie uns nächstes Mal einen sprachbegabteren Mann.* Ich sah lächelnde Gesichter. Ich legte mir Erklärungen zurecht: Nicht an irgendeiner Sprache bin ich gescheitert, sondern an der schwierigsten Sprache der Welt, an *Modlaw*. Sie würden mir nicht glauben. Die Abschlussprüfung war nicht irgendeine Prüfung, sondern die Unmöglichkeit eines Liebessonetts, in einer Sprache, die wir alle hassten. Liebessonett. Ausgerechnet ein Liebessonett. Warum keine Abhandlung über Migräne oder Rachenkrebs. Was könnte ich in Deutschland nicht alles berichten, doch sie würden mir nicht glauben. Die Tochter des Lehrers halbnackt auf einem Podest im Klassenzimmer als kleine Inspiration für das Liebessonett – doch bitte nicht malen, sondern schreiben. Wer würde mir das glauben. *Modlaw* in 31 Tagen. Wer würde mir das glauben. Ich lernte *Modlaw*. Wie bitte? *Modlaw*. Nie davon gehört. Die Uhr an der Wand tickte. In meinem Zimmer lag ein Flugticket. Langsam schob ich den Stuhl zurück und wollte mich davonmachen.

Spivack schaute auf:

»Was ist?«

Ich stand unschlüssig. Ich stand nicht weit von der Tochter.

»Ich ...«

Spivack:

»Ja?«

Ich wollte ihm sagen, dass …, doch stattdessen fragte ich ihn, ich weiß nicht warum, doch ich fragte ihn: »Darf ich mir den Rücken Ihrer Tochter anschauen. Für mein Sonett.« Ich wusste nicht, was ich sagte.

Spivack nickte:

»Bitte.«

»Danke.«

So stand ich hinter der Tochter und betrachtete ihren Rücken. Ein schöner Rücken, ein sehr schöner Rücken, doch kein Rücken für ein Sonett auf *Modlaw*, denn ich wusste nicht, was Rücken auf *Modlaw* heißt. Sie saß regungslos vor mir. Schließlich ging ich wieder an meinen Platz und starrte gegen ihre ausgestreckten Beine. Die Uhr tickte. Nach einer halben Stunde unternahm ich den nächsten Fluchtversuch. Wieder stellte mich Spivack in der Nähe seiner Tochter. Der Duft ihres Haars …

Er schaute mich ungeduldig an.

Ich wusste nicht, was ich sagte, doch ich glaube, ich sagte: »Der Duft ihres Haars gleicht den Lindenblüten in Schachtelhalmwäldern.« Und ich fragte Spivack: »Was heißt Schachtelhalmwald auf *Modlaw*?«

Zum ersten Mal erlebte ich ihn nervös, denn er wusste es nicht. »Es gibt keine Schachtelhalmwälder in meiner Sprache«, so Spivack. »Sag's einfacher.«

Ich setzte mich hin und schrieb einige Worte, auf Deutsch: *Zürnen Sie nicht, junge Frau, wenn ich mit träumendem Blick einen Traum vor Ihre Füße lege, der stets nur von Ihnen geträumt hat, der Traum einer Schönheit, die die blutendsten Augen heilt, in deren Armen das Eis auf meinem Herzen schmilzt, in deren warmen Mund meine Zunge blühende Worte treibt, ein Traum, der nun erwacht, oder tiefer und schöner träumt denn je, und so frage ich nun ...* Ich dachte daran, dies ins *Modlawische* zu übersetzen, ein völlig aussichtsloser und absurder Gedanke. Was hätte ich ihr nicht alles sagen oder schreiben können, und auch schreiben wollen, denn ich war wirklich in sie verliebt, nur nicht auf *Modlaw*. Ich wollte wieder aufstehen, aber ein anderer Kursteilnehmer kam mir zuvor und ging zum Podest.

Spivack:

»Was ist?«

Auch er wollte den Rücken der Tochter sehen.

Spivack mit einer gönnerischen Bewegung:

»Bitte.«

Es folgten weitere Prüflinge, die aufstanden, die Tochter umkreisten, sie von allen Seiten betrachteten. Zunächst fragten sie Spivack noch um Erlaubnis: »Nur zu«, rief Spivack, »sie ist meine Tochter.« Daraufhin wandelte sich alles in ein ungefragtes Kommen und Gehen. Als Spivack nach draußen ging, gab es die ersten Berührungen, anfänglich flüchtige Berührungen, einzelne Finger, die das Haar der Tochter wie zufällig streiften, später dann längere Berührungen, Hände, die sich auf ihre Schulter legten, nur ganz kurz, nur für das Sonett, einmal noch, dann noch einmal, dann länger. Und so ging es weiter. Nur ein Blick, nur eine Berührung, nur ein Einblick, nur noch einen Augenblick, nur noch ihre Hand, nun ihren Arm, vielleicht noch ihre frierenden Füße, nur noch ein Mal, alles nur für das Sonett.

Als Spivack wieder in den Raum trat, flüchteten wir wie ein ertapptes Rudel auf unsere Plätze. Spivack lächelte. Wir verstanden dieses Lächeln dahingehend, dass in diesem Land, in diesem Raum, in dieser Prüfung, in dieser Sprache alles möglich ist, dass es in unseren Sonetten keine Tabus gibt. Einer von uns küsste ihren Hals. Sie ließ dies starrblickend geschehen, auch ihr Vater, der an die Wand starrte. Später fragte einer der Prüflinge, ob es möglich wäre, den Morgenmantel der Tochter ein wenig zu öffnen …

Er hatte nichts dagegen, doch wir mögen dies selbst tun.

Es schien mir, als ob ihr Ohr zitterte.

Niemand regte sich.

Wir blickten auf unsere Sonette.

Als ich aufschaute, war ihr Morgenmantel offen.

Wir schauten alle weg.

Später schauten wir alle hin.

Nur nicht Spivack, der auf meinen Schuh starrte.

Ich weiß nicht, wer ihren Morgenmantel aufgeschlagen hatte.

Ich war es nicht, doch ich schaute mit den anderen.

Die Augen der Tochter leuchteten, und sie leuchteten, weil, ich merkte es erst jetzt, sie weinte. Sie weinte lautlos. In einer Malklasse wäre ein nacktes Modell kaum der Rede wert. Doch in einem Sprachkurs sowie in der Sprache überhaupt (nicht nur in *Modlaw*) ist vieles anders.

Wir könnten nun gehen, meinte Spivack plötzlich.

Wir blieben alle sitzen.

Plötzlich kam mir folgender Gedanke: Sie ist taubstumm. Deshalb Spivacks Besessenheit mit der Sprache.

Dann führte Spivack seine Tochter aus dem Klassenzimmer. Als er wieder zurückkam, war er verändert. Wir verstanden zunächst kaum, was er sagte: Seine Tochter ... Sie war gar nicht seine Tochter. Und *Modlaw* war überhaupt keine Sprache, sondern nur ein Vorwand. Die Prüfung auch keine Sprachprüfung und unser Kurs auch kein Sprachkurs, und Spivack hieß auch nicht Spivack. Wie weit wir für eine angebliche Sprache gehen würden, das war die Frage: Warum wir nicht protestiert hätten? Warum wir diesen Irrsinn mitgemacht hätten? Warum wir bereit gewesen waren, eine Sprache zu lernen, die es gar nicht gibt und die wir alle hassten? Warum wir Bernhard nicht geholfen hatten? Das waren nun die Fragen. Warum wir seine angebliche Tochter berührt, geküsst und ausgezogen hatten? Warum wir weggeschaut und hingeschaut hatten? Warum wir *ihn* um Erlaubnis gefragt hatten, jedoch nicht die Frau auf dem Podest? Warum gerade ich mit der Beschauung der Frau angefangen hatte? Das waren nun die Fragen. Angst und Schönheit und Liebessonette waren keine hinreichenden Antworten. Er sammelte unsere Sonette ein und ging. Der Kurs war beendet.

(Kapitel aus: *Briefe aus Amerika*, Stuttgart 1998)

Thommie Bayer Alles ist besser als Detlev

In der Zeit, als man sich unter Kunst eigentlich nur weiche Uhren, endlose Treppen und Schachbretter vorstellen konnte, war Blah von der Schule geflogen, hatte sich als Dealer neu erfunden, aber damit nicht viel Glück gehabt – er wurde bald von zwei grimmigen Typen gesucht, denen er Löschpapier mit Essig als Mescalin angedreht hatte. Über Nacht war er verschwunden gewesen, und erst einige Wochen später bekam ich einen Brief mit seiner neuen Adresse. Berlin.

Außer mir, seinem besten Freund, und vielleicht noch Hella, seiner Geliebten, einer acht Jahre älteren Wirtin, die sich gerade von ihrem Mann getrennt hatte, vermisse er nichts, schrieb er, dieses Kaff werde ihn nicht mehr sehen, das Leben finde anderswo statt, in Berlin zum Beispiel. Ich solle kommen, sobald ich konnte.

Blah war ein Spinner. Er träumte davon, Künstler zu sein, war aber leider nicht so begabt wie schön. Er sah aus wie ein von Rosetti gemalter Engel. Androgyn, magisch, alle Augen folgten ihm, wo immer er sich aufhielt.

Ich war zu diesem Zeitpunkt schon daheim ausgezogen und besuchte meine Mutter nur, wenn mein Vater sicher weg war, etwa alle zwei Wochen, also würde niemand mich vermissen, wenn ich nicht erst die Pfingstferien abwartete, sondern gleich losfuhr. In der Schule sollte man mein Fehlen eher mit Erleichterung aufnehmen, darauf verließ ich mich – die würden nicht anrufen und fragen, wo ich bleibe.

Es ging ganz gut – ein Opel Rekord bis Stuttgart, ein Käfer bis Schorndorf und noch einer bis Crailsheim. Dort stoppte mich ein Regenguss, aber nur eine halbe Stunde, dann stand ich wieder an der B 14 Richtung Ansbach und Nürnberg.

Ich vertrieb mir die Zeit, in der die Autos eines nach dem anderen an mir vorbeizogen und ich auf den rettenden Anblick einer Ente oder eines R 4 hoffte, indem ich meine Erinnerung nach Musik absuchte, die mein Freiheitsgefühl illustrierte. Die Songs, die mir einfielen, hörte ich innerhalb der Ohren, das Kopfradio funktionierte ohne Rauschen. Genauer gesagt, das Zwerchfellradio, denn der Ort im Körper, wo die Melodien spielten, war der Bereich zwischen Zwerchfell und Gaumen. *Like a Rolling Stone*, *It's Getting Better All the Time* und *The Only Living Boy in New York* liefen dort rund, ich war als Diskjockey nicht sehr wählerisch, hatte kein Problem damit, die Songs dreimal hintereinander zu hören, und manchmal schien mir, sie klängen besser als über Lautsprecher.

Von Ansbach nach Nürnberg hatte ich einen Porsche. Beim Einsteigen freute ich mich, doch schon als der Typ losfuhr, merkte ich, dass er mir Angst einjagen wollte. Er zog ab wie ein Geschoss und war offenbar darauf aus, dass ich mir in die Hose machte. Den Gefallen sollte ich ihm eigentlich tun, dachte ich, aber auch wenn ich ihm den Sitz damit ruinieren würde, war das die Blamage nicht wert. Der Kerl sprach kein Wort, sah höhnisch nach vorn auf die Straße und trat so heftig auf Gas oder Bremse, dass seine kinnlangen Koteletten knapp zeitverzögert hinterher wehten. Was hat der gegen mich, was will der mir beweisen, dachte ich, wieso mir? Will der mir das Trampen abgewöhnen? Ich sagte nicht mal Danke, als ich in Nürnberg die Tür zuknallte. Und ich war nassgeschwitzt.

Aber der Platz war gut, ich stand keine zehn Minuten, als ein Pärchen anhielt und mich bis Hof mitnahm – sie rauchten beide Kette und behelligten mein Kopfradio mit einer Kassette von Degenhardt. Aber sie gaben mir von ihrem Baguette ab und brachten mich zur richtigen Ausfahrt.

Dann hatte ich einen Pfarrer. Bis zur letzten Raststätte vor der Grenze. Er redete die ganze Zeit von seinem Verständnis für die Jugend. Wenn du welches hättest, dachte ich, dann würdest du nicht »Jugend« sagen, dann wüsstest du ein anderes Wort, aber ich nickte so oft es nötig war und lohnte dem Mann das Mitnehmen, indem ich Verständnis für sein Verständnis aufbrachte.

Nachdem die Tramperschlange, in die ich mich brav gereiht hatte, auch nach zwei Stunden noch nicht merklich abnahm, entschloss ich mich, die Lastwagenfahrer zu fragen. Der erste, den ich ansprach, blaffte, ich solle zum Friseur gehen, aber schon beim dritten hatte ich Glück, er sagte mürrisch: »Halbe Stunde, dann fahr ich weiter«, und ging zum Rasthof, um ein paar Schnitzel zu essen.

Ich war, nachdem wir an die Grenze kamen, heilfroh, diesen wortkargen, kaugummikauenden Mann neben mir zu haben, denn bei dem, was da auf mich einstürmte, hätte ich nicht auch noch eine höfliche Unterhaltung bestreiten wollen: Es war ein Schock. Todesstreifen, Wachtürme, Panzersperren, Zick-Zack-Kurse und die selbstgerechten Beamten mit ihrem Herrschaftshumor. »Machen Se mal'n Ohr frei junger Mann, oder sind se gar'n Medschn?« Und dann wieder Todesstreifen, Stacheldraht, Fotografierverbot und Wachtürme. Albtraumbilder. Albtraumszenen. Zwar nirgends eine weiche Uhr, aber näher konnte die Wirklichkeit den surrealistischen Bildern kaum kommen.

Nicht dass ich von all dem nichts gewusst hätte, man konnte nicht ohne Vorstellung von dieser Grenze sein, aber ich hatte, wie meine Geschwister, immer wieder die Verteidigerrolle übernommen, hatte automatisch Partei für die DDR ergriffen, weil das ewige »Geh doch nach drüben« und all die anderen Spießertöne mich ungefragt zum Kommunisten gestempelt hatten. Also hatte ich den Kommunisten gespielt, weil mir diese Töne dringend angriffswürdig vorgekommen waren.

Aber jetzt? Das hier je verteidigt zu haben, beschämte mich, und ich dachte, ihr habt nicht das Recht, eure Leute im eigenen Land gefangen zu halten, auch wenn euch der Westen ausbluten will. Dann gibt es eben keine Wahl zwischen Ausgeblutetwerden und der reinen Lehre. Das hier, dazu hat niemand das Recht. Ich sah aus dem Fenster und konnte mich nicht an den unbegradigten Bachläufen freuen, dem einen oder anderen wohltuend schiefen Zaun oder dem sichtbaren Alter der Häuser, das mir irgendwie ehrlicher vorkam als die geschleckten Fassaden daheim.

Endlich im neongrellen Berlin, endlich wieder jenseits der Todesstreifen, in Dreilinden, atmete ich auf, und mir schien, als sei das Grün der Bäume grüner. Das ist jetzt aber Quatsch, dachte ich, und nahm mir vor, nicht unbedacht darüber zu reden. Um nicht aus Versehen in den Tonfall meiner Eltern zu verfallen.

Nur allmählich kehrte das Gefühl zurück, draußen in der Welt, der richtigen Welt, auf Reisen, entkommen und frei zu sein. Es galt sogar doppelt. Ich war doppelt entkommen. Der DDR und dem Schulmief. Als ich die U-Bahn bestieg, war ich euphorisch: All diese Menschen, das echte Leben, die richtige Welt. Blah hat's gut, dachte ich, hier zu wohnen, wo die Wirklichkeit passiert. Und ich, wo wohne ich? Da, wo die Wirklichkeit nur in der Zeitung steht, aus dem Fernsehen quengelt und als Flugblatt von der Stadtreinigung aufgesammelt wird. Hier ist das Original. Hier geschieht, was anderswo nur als Gerücht kursiert. Meine Brust war breit und mein Gang elastisch.

Lange hielt dieses Gefühl nicht vor. Schon im U-Bahnhof und danach auf der Straße, kam ich mir wieder wie der Dorfdepp vor, als ich mehrmals fast jemanden umgerannt hätte oder gestolpert wäre, weil ich die Augen nicht von all den großartigen und weltstädtischen Anblicken zu wenden vermochte. Die Krumme Straße überquerte ich ein paarmal, bis ich kapierte, dass die Hausnummern hier fortlaufend auf derselben Straßenseite waren, und nicht wie bei uns, die geraden rechts und die ungeraden links. Nummer siebenundfünfzig war ein schmutziges, altes, wie von Ruß geschwärztes Haus mit einer Bäckerei im Parterre. Ich solle bei Wermelt klingeln, hatte Blah geschrieben, er selber stehe nicht am Klingelschild. Aber da war auch kein Schild mit dem Namen Wermelt. Erst als eine Frau aus der Tür kam, fiel mir wieder ein, dass Blah im Hinterhaus wohnte. Ich hatte die Tür festgehalten und kam in einen düsteren Durchgang, den Hinterhof, und an dessen Ende an die nächste Tür. Die hatte ein Klingelschild mit Wermelt. Meiner Erleichterung folgte allerdings gleich Enttäuschung, denn die Klingel war entweder kaputt oder niemand zu Hause. Nach mehreren Versuchen gab ich auf und ging wieder nach vorn zur Straße. Was nun?

Ich versuchte, die Reisetasche und den viel zu warmen Parka in der Bäckerei zu deponieren, wurde aber entrüstet und mit drohendem Unterton von der Schwelle gewiesen. Wo man denn da hinkäme. Da könne ja sonstwas drin sein.

»Ist auch«, sagte ich, »wie haben Sie das bloß geraten? Die Tasche ist bis oben voll mit sonstwas. Sie sind ein Hellseher.« Dann verdrückte ich mich flink, denn der Bäcker machte Anstalten, mich vermöbeln zu wollen. Danach war mir nicht.

Sogar die Ladenklingel klang auf einmal wie ein Alarm, als die Tür hinter mir zufiel.

Es war nicht sehr weit bis zum Kurfürstendamm – dort setzte ich mich in ein Straßencafé, um die Weltstadt an mir vorüberströmen zu lassen.

Es war früher Abend, kurz nach sechs, die Frauen ließen ihre Brüste unter dünnem Stoff für alle sichtbar wippen, sie klapperten mit Armreifen und Absätzen, sie waren so viele, sie waren so schön, und ich hätte ihnen allen die Hände küssen mögen – wenigstens. Ein kollektiver Pfiff lag in der Luft. Ein Papagallo-Pfiff, ein Ilse-Werner-Pfiff, der zu Ordnung und Sitte mahnende Pfiff Gottes, und in meinem Zwerchfellradio der *River-Kwai-Marsch* meiner gelungenen Flucht in die Welt. Vielleicht war es aber auch nur der Sechzigerjahre-Sommerhit *I Was Kaiser Bills Batman*.

Ich dachte mir Geschichten aus zu jedem Gesicht, das an mir vorbeikam, kurze Geschichten, weil immer gleich das nächste Gesicht auftauchte und die nächste Geschichte brauchte. Sie gingen so: Ich habe einen Hund der Fido heißt. Oder so: Ich werde diesem alten Dreckschwein keinen blasen, auch wenn er mir die Wohnung wegnimmt. Oder so: Was ist denn das für ein hübscher Junge, der sich da eine Geschichte über mich ausdenkt? Oder so: Das müsste doch Steffen sein, der Freund von Blah.

Hella stand vor mir und sagte: »Bist du nicht Steffen, der Freund von Blah?«

»Hallo Hella. Bist du hier bei Blah? Zu Besuch?«

»Ja. Willst du mitkommen? Ich hab'n Schlüssel.«

Glücklicherweise, dachte ich, ist die Welt tatsächlich ein Dorf und nahm die Reisetasche. Als Hella die Tür aufgeschlossen hatte, stand Blah im Flur, seine Haltung etwas zwischen fluchtbereit und angriffslustig, er schien mit dem Eindringen eines Feindes zu rechnen. »Ach ihr seid's«, sagte er nur, und ich wusste, dass er schon vorher dagewesen war, er hatte nur nicht aufgemacht. Die Wohnung wirkte ungelüftet, dumpf und düster, obwohl sie mit hübschen Flohmarktsachen eingerichtet war. Und riesengroß.

»Da brauchst du ja Rollschuhe, um von der Küche ins Klo zu kommen«, sagte ich, nachdem ich alle Räume angesehen hatte und in das große Wohnzimmer zurückkam.

Blah stand vor seinem Aquarium und schüttete Fischfutter aus einer Dose auf den Wasserspiegel. Hella lehnte am Sofa und sah ihn mit einem seltsamen Gesichtsausdruck an. Mitleidig. Oder verärgert. Und Blah gab sich den Anschein, als sei er ganz versunken, redete mit den Fischen und winkte mich herbei, um mir einen Besonderen zu zeigen. Er benahm sich wie jemand, der nicht reden will, weil er weiß, dass für ihn nichts Gutes dabei rauskommt.

Zwar bleich wie ein Laken und mager wie ein Storch, war Blah noch immer schön. Vielleicht sogar schöner als früher. Seine Kringellöckchen, sein verwöhnt-verderbtes Engelsgesicht mit dem Mick-Jagger-Mund und die langen, feingliedrigen Hände ließen ihn jetzt aussehen wie einen jungen Lord von Gainsborough. Irgendwie passte auch dieser enttäuscht-nachsichtig-resignierte Blick, den Hella auf ihn gerichtet hatte, zu Blahs unwirklicher, durchsichtiger Erscheinung. Es war fast, als schaue Hella auf einen Sohn herab und nicht auf einen Geliebten.

Um der gedrückten, verbiesterten Stimmung zu entgehen, schützte ich Hunger vor und forderte, man solle mir Berlin zeigen. Blah schien froh zu entkommen und noch froher, als Hella sagte, sie habe eine Verabredung und schlafe diese Nacht bei einer Freundin in Kreuzberg. Unten auf der Straße taute er auf und fand fast zu seinem alten schwärmerischen Ton zurück, als er mir ein paar Straßen weiter im Erdgeschoss eines Hinterhauses ein Kabuff zeigte, sein Atelier.

Hier standen, lehnten und lagen Kunstwerke, Puppenteile, weiß gespritzt oder mit Goldbronze bemalt, mit gebrochenen oder aufgeschlitzten Gliedern und dazu Zahnräder, Dosen, Taschenuhren oder Stanniolpapier.

»Mmhh«, sagte ich, »typische Blah Kants.«

»Ich heiße Detlev. Nenn mich doch nicht immer Blah. Das ist ein Scheißname«, sagte er.

»Alles ist besser als Detlev«, sagte ich.

Blah, der meine mangelnde Wertschätzung seiner Kunst ahnte, beeilte sich, zu erklären, wo er noch überall Verbesserungen vornehmen wolle und was die Bilder im Einzelnen bedeuteten. Unterdrückung, zerstörte Hoffnung, gespaltene Heimat undsoweiter. Ich erinnerte ihn an meinen Hunger, um darauf nicht antworten zu müssen.

Im Atelier hatten auch einige leere Leinwände, meist kleineren Formats, alte Rahmen und ein Regal voller Pinsel und Dosen gestanden. Blah sagte, er ziehe Kunstdrucke mit Spannlack auf grundierte Leinwand, streiche Firniss drauf, mache sie dann in hübsche alte Rahmen und verkaufe sie für ein paar hundert Mark. »Durch den Spannlack«, sagte er, »sehen sie total echt aus, das Papier zieht so ein, dass es wirkt, wie gemalt.«

»Du bist ein Fälscher?«

»Quatsch«, sagte Blah, »ich behaupte ja nicht, dass sie echt sind. Ich stelle mich naiv, und die Leute meinen, sie hätten ein Mordsschnäppchen gemacht und mir Dummkopf einen Expressionisten abgeluchst. Zum Spottpreis.«

»Dummkopf stimmt nicht«, sagte ich respektvoll, der Trick, sich die Leute selber betrügen zu lassen, imponierte mir.

»Aber Spottpreis stimmt«, sagte Blah. »Vor allem Spott.«

Wir mussten an einigen Lokalen sehr eilig vorbei, weil Blah darin entweder Leute vermutete, denen er Geld schuldete, oder bei den Wirten offene Zechen hatte, schließlich landeten wir in einer Pizzeria, die Blah noch nicht kannte. Aber die Pizza war noch nicht auf dem Tisch, als ein Typ mit Koteletten sich drohend vor uns aufbaute.

»Morgen«, sagte Blah, »echt du. Großes Indianerehrenwort.«

»Ich bin um zwei Uhr bei dir«, knurrte der Typ und drehte sich sohlenquietschend weg, um zur Theke, wo er bis eben gelehnt hatte, zurückzugehen. Mit Blahs guter Laune war es wieder vorbei, denn der Typ fixierte ihn die ganze Zeit, und es sah aus, als brächte Blah deswegen kaum einen Bissen runter. Ich bezahlte, und wir flohen nach draußen.

»Wieviel will der von dir?«, fragte ich.

»Dreihundert«.

»Und? Hast du die?«

»Nee«, sagte Blah, »genauso wenig hab ich dreihundert Möpse wie der meine richtige Adresse.«

Ich fand bald, dass ich mich besser selbstständig machte, denn um Blah lag so eine Aura von Stress, Gefahr, Ärger und Alarm. Am zweiten Tag fuhr Hella zurück, und dann kam Martina Wermelt, eine Lehrerin, ebenfalls wesentlich älter als Blah, müde und missgelaunt von einer Tagung in Westdeutschland nach Hause.

Ganz beiläufig erwähnte Blah, dass eine Freundin von mir dagewesen sei, und daran merkte ich erst, was für ein Spiel er getrieben hatte. Ich fühlte mich auf einmal nicht mehr willkommen, deshalb streunte ich drauflos, fuhr U-Bahn und ging durch Straßen, deren Großzügigkeit und Leben ich bestaunte. Ich stöberte bei den Trödlern, kaufte unsinniges Zeug, wie einen Messingaschenbecher in Form einer Stubenfliege, eine Samtweste, die ich nie tragen würde, oder eine Bücherstütze mit Donald und Daisy Duck.

Als in einer stillen Nebenstraße eine gefleckte Katze zu mir herkam, sich von mir streicheln ließ und schnurrte, bekam ich solches Heimweh, dass ich glaubte, nicht mehr atmen zu können.

Blah hatte Spaghetti gekocht, und wir saßen um den runden Tisch in der Küche, als ich damit rausrückte: »Ich fahr nach Hause, mir ist das alles hier zu groß«.

Blah sagte nur: »Sag zuerst, ob dir meine Spaghetti schmecken, bevor du meine Erlaubnis zum Abhauen einholst.«

»Doch«, sagte ich, »apart«.

Blah warf einen Schusterjungen nach mir, aber ich duckte mich weg, und Martina bekam das Ding ans Schlüsselbein.

Sie schien es zu begrüßen, dass ich gehen wollte, denn auf einmal war sie freundlich, sprach mich mit Namen an und wollte mir sogar noch Salat auf den leer gegessenen Teller legen. Und plötzlich glaubte ich auch, so etwas wie Zärtlichkeit zwischen den beiden zu sehen. Bis jetzt war davon nichts zu spüren gewesen. Auch sie waren miteinander umgegangen wie Mutter und Sohn, hatten sich nie berührt, geschweige denn geküsst oder ein freundliches Wort gewechselt. Dass sie im selben Zimmer schlafen gingen, war das einzige, was auf ein Verhältnis schließen ließ. Ich fand das gespenstisch.

Jetzt fuhr Martina Blah mit der Hand durch die Haare, griff in sein Genick, schüttelte ihn und sagte: »Ich wasch ab.«

»Kannst du mir was helfen?«, fragte Blah, und ich sagte: »Klar«.

Er ging ans Telefon, wählte eine Nummer, ließ es irgendwo lange klingeln und nahm dann seine Collegejacke vom Haken. »Komm«.

Wir gingen zu Fuß, vielleicht zwei Kilometer um etliche Ecken und Kurven, bis Blah vor einem Haus stand, dessen Tür er mit einem skurrilen Schlüssel öffnete. Der Schlüssel hatte zwei Bärte und musste, nachdem die Tür einmal offen war, durchs Schlüsselloch gezogen werden. Abziehen konnte man ihn erst, nachdem man mit dem zweiten Bart wieder abgeschlossen hatte. »Typische Berliner Ingenieursleistung«, sagte Blah. Im dritten Stock, nachdem wir zwei stinkende Etagenklos passiert hatten, schloss Blah eine Wohnungstür auf, und ich hatte das Gefühl, er brauche etwas zu lange mit dem Schlüssel, als dass der ein Original hätte sein können.

Auch drinnen in der Wohnung sah sich Blah ein wenig misstrauisch um, schien die Ohren zu spitzen, und mir wurde immer unheimlicher zumute. Aber dann hatte er sehr schnell eine Spiegelreflexkamera und ein antiquarisches Buch mit Eisenverschlüssen und lateinischem Titel in der Hand. Beides gab er mir. Er verschwand kurz und kam aus einem anderen Zimmer mit einem Arm voller Schallplatten. Die legte er im Flur ab, hob den Telefonhörer ans Ohr und bestellte ein Taxi zur s-Bahn Savignyplatz. »Komm«, sagte er und ging, die Platten wieder unterm Arm, zur Tür.

Unten auf der Straße bog er nach links und ging mit schnellen Schritten um die nächsten beiden Ecken.

»Hab ich da eben bei einem Einbruch mitgemacht?«, fragte ich.

»Kann man so und so sehen«, sagte Blah fröhlich.

Ich wurde wütend: »Wenn das Zeug nicht dir gehört, schmeiß ich's augenblicklich auf die Straße. Du spinnst wohl total?«

»Gehört mir«, sagte Blah seelenruhig, »reg dich ab.«

Wir stiegen in das wartende Taxi und fuhren zu Blahs Wohnung. Das heißt, so wie ich Blah inzwischen kannte, war es Martinas Wohnung und Blah solange zu Gast darin, bis er sie betrog und sie ihm draufkam.

Das richtige Leben war schön anzusehen gewesen, klar, aber Blah war nicht mehr nur ein Spinner, Stümper und Sonderling, er war kurz davor ein wuseliger Kleinkrimineller zu werden, der entweder irgendwann über Nacht das Land verlassen musste oder zwischen zwei Mülltonnen gefunden würde. Tot oder halbtot, auf jeden Fall am Ende. Ich war erleichtert, als mich in Dreilinden ein Kühllaster voller Schweinehälften nach Düsseldorf mitnahm.

Von dort kam ich noch bis Köln, aber dann blieb ich bis abends um sieben an einem unsäglichen Kreisverkehr stecken. Wenn mal jemand anhielt, fuhr er nicht Richtung Süden, aber es hielt fast niemand an.

Ich gab auf und kratzte mein Geld für eine Zugfahrkarte zusammen. Es reichte. Nur Zigaretten waren nicht mehr drin.

Endlich im Zug zu sitzen, fühlte sich an wie tief ausatmen. Zurück in die unechte Welt. Weg vom Alarm. Alles war besser als Detlev. Ein Mercedes-Werksfahrer und ein Mädchen auf dem Weg in die Schweiz stellten sich als lustige Reisegesellschaft heraus, und die Zeit verflog, ohne dass ich länger als zwei Stunden geschlafen hätte. Und ohne dass ich das Zwerchfellradio brauchte.

Thommie Bayer (* 1953 in Esslingen am Neckar)
Von 1972 bis 1978 studierte Thommie Bayer freie Malerei an der Staatlichen Akademie der Bildenden Künste Stuttgart bei Professor Rudi Haegele und stellte seine Werke aus. Ab 1974 war er als Liedermacher, zuerst im Duo Thommie und Tomaske, dann allein, schließlich mit eigener Band – der Thommie Bayer Band – unterwegs, häufig mit seinen Freunden Thomas C. Breuer oder Bernhard Lassahn als Gästen des Bühnenauftritts. 1979 hatte die Thommie Bayer Band mit dem Song *Der letzte Cowboy kommt aus Gütersloh* ihren größten Erfolg. Seit den 1980ern konzentriert er sich auf das Schreiben. 1991 erschien sein Roman *Das Herz ist eine miese Gegend*, 2006 *Der langsame Tanz* und 2010 *Fallers große Liebe*. Daneben verfasst er Drehbücher für Fernsehproduktionen und Kinofilme sowie Sketche und Glossen für verschiedene Rundfunkanstalten und malt nach wie vor Bilder. Er erhielt 1992 den Thaddäus-Troll-Preis. Thommie Bayer lebt heute in Staufen bei Freiburg.
www.thommie-bayer.de

Paul Brodowsky (* 1980 in Kiel)
Paul Brodowsky studierte von 1999 bis 2005 Kreatives Schreiben und Kulturjournalismus an der Universität Hildesheim. Dort gründete er gemeinsam mit Wiebke Späth die Literaturzeitschrift *BELLA triste*, deren Mitherausgeber er bis 2004 war. Außerdem war er Mitglied der künstlerischen Leitung des Literaturfestivals PROSANOVA 2005. Von 2007 bis 2009 war er wissenschaftlicher Mitarbeiter an der Universität Hildesheim und unterrichtete dort Literarisches Schreiben; derzeit arbeitet er an einer Promotion über Konzeptions- und Planungsprozesse beim Roman. 2002 erschien sein Debüt mit Prosaminiaturen unter dem Titel *Milch Holz Katzen*, 2007 der Erzählband *Die blinde Fotografin*. Neben Prosa schreibt Brodowsky auch Theaterstücke, zuletzt uraufgeführt wurden *Lüg mir in mein Gesicht* am Theater Freiburg sowie *Regen in Neukölln* an der Berliner Schaubühne. Für sein Schaffen erhielt er zahlreiche Stipendien und Preise, u.a. den Preis der Frankfurter Autorenstiftung, den Förderpreis zum Nicolas-Born-Preis und ein Aufenthaltsstipendium der Villa Aurora. Paul Brodowsky lebt in Freiburg im Breisgau.

Tanja Dückers (*1968 in Berlin)
Nach einem längeren Aufenthalt in den USA hat Tanja Dückers an der Freien Universität Berlin und an der Universiteit van Amsterdam Germanistik, Niederländisch, Nordamerikastudien und Kunstgeschichte studiert und ihr Studium mit einer interdisziplinären Arbeit über die *Ästhetik des Erhabenen in der modernen Malerei* abgeschlossen. Zu ihren wichtigsten literarischen Publikationen gehören *Spielzone* (1999), *Café Brazil* (2001), *Himmelskörper* (2003), *Der längste Tag des Jahres* (2006). 2011 erscheint ihr Roman *Hausers Zimmer*. Dückers ist auch als Kunstkritikerin tätig. Lehraufträge und Schriftstellerstipendien führten sie nach Los Angeles, Meadville/Pennsylvania, Bristol, Barcelona, Paris, nach Prag, Krakau, Bukarest, Hermannstadt, nach Sylt und Ahrenshoop, Gotland/Schweden, nach Vollezele/Flandern, Salzburg, Zypern und an weitere Orte. Tanja Dückers lebt mit ihrer Familie in Berlin.
www.tanjadueckers.de

Franz Kafka (Prag 1883–1924 Kierling)
Franz Kafka studierte, dem Wunsch des Vaters folgend, 1901 bis 1906 Jura an der Deutschen Universität in Prag, 1908 übernahm er (bis zu seiner Pensionierung 1922) eine Stelle als Versicherungsjurist bei der Arbeiter-Unfall-Versicherungs-Anstalt in Prag. Von 1910 an führte er Tagebuch, setzte sich intensiv in Selbstanalysen mit Träumen, Erlebnissen und Erfahrungen auseinander. Häufige Reisen, dienstlich oder privat (meist mit M. Brod, der später sein Werk herausgab), führten Kafka nach Oberitalien, 1910 nach Paris, 1911 in die Schweiz, 1912 nach Weimar und Leipzig. 1912 gelang Kafka mit der Erzählung *Das Urteil* der Durchbruch zu der ihm eigenen (danach »kafkaesk« benannten) literarischen Ausdrucksform, einer durch eine Lakonik der Bedrohung geprägten und auf rätselhafte Weise unheimlich wirkenden Schreibweise. 1915 erschien die Erzählung *Die Verwandlung,* 1925 der Roman *Der Prozess.* 1923 übersiedelte Kafka nach Berlin. Im März 1924 kehrte er wegen seiner sich verschlechternden Gesundheit nach Prag zurück (Kehlkopftuberkulose); er starb in einem Sanatorium.

Sibylle Lewitscharoff (* 1954 in Stuttgart)
Sibylle Lewitscharoff stammt von einem bulgarischen Vater und einer deutschen Mutter ab. Sie studierte Religionswissenschaft an der Freien Universität Berlin und schloss mit dem Magister ab. Während ihres Studiums hielt sie sich für jeweils ein Jahr in Buenos Aires und Paris auf. Ihre schriftstellerische Tätigkeit begann sie mit dem Verfassen von Radio-Features und Hörspielen. Für *Pong* erhielt sie 1998 den Ingeborg-Bachmann-Preis. 1999 erschien ihr Roman *Der höfliche Harald*, es folgten *Montgomery* (2005), *Consummatus* (2006) und *Apostoloff* (2010). 2009/10 stellt sie im Literaturmuseum der Moderne in Marbach eine Reihe Papiertheaterobjekte aus, die sich auf deutsche Literaten beziehen wie zum Beispiel Goethe, Schiller oder Gottfried Keller. 2007 wurde sie mit dem Preis der Literaturhäuser ausgezeichnet, 2008 mit dem Marie-Luise-Kaschnitz-Preis. 2009 bekam sie den Preis der Leipziger Buchmesse für *Apostoloff*. Lewitscharoff lebt in Berlin.

Michel Mettler (* 1966 in Aarau)
Michel Mettler arbeitete zunächst als Dramaturg und Musiker. Von 1999 bis 2001 war er künstlerischer Leiter des Theaters forum:claque in Baden. Er gehörte zur 1991 gegründeten Autorengruppe NETZ. Seit 2003 ist er mit drei Autoren- und Musikerkollegen als die Vier Maultrommeln unterwegs. 2006 erschien sein erster Roman *Die Spange*, dafür erhielt er den Förderpreis der Schweizerischen Schillerstiftung. 2009 gab er unter dem Titel *Depeschen nach Mailland* eine Auswahl E-Mails heraus, die er in einem längeren Mailaustausch von Jürg Laederach erhalten hatte, und veröffentlichte mit *Der Blick aus dem Bild* eine Sammlung von Betrachtungen zu Gemälden. Im Jahre 2010 folgte eine weitere Kooperation mit einem Schriftstellerkollegen, der Band *H stellt sich vor*, Erzählungen, die Mettler gemeinsam mit dem Theaterautor Felix Kauf verfasste. Im akademischen Jahr 2010/11 ist er Gastprofessor am Collegium Helveticum in Zürich. Michel Mettler lebt als Autor und Musiker in Brugg (Schweiz).

Joachim Zelter (*1960 in Freiburg im Breisgau)
Joachim Zelter studierte von 1982 bis 1989 an der Universität Tübingen Anglistik und Politikwissenschaft. 1993 promovierte er in Anglistik mit einer literaturwissenschaftlichen Arbeit über Fiktion und Wahrheit. 1995/96 hatte er einen Lehrauftrag im Fach Germanistik an der Yale University in New Haven (Connecticut) inne, 1996/97 lehrte er Neuere Englische Literatur an der Universität Tübingen. Seit 1997 lebt er als freier Schriftsteller in Tübingen. 1998 erschien sein erster Roman *Briefe aus Amerika*. Es folgten unter anderem *Die Würde des Lügens* (2000), *Schule der Arbeitslosen* (2006), *How are you, Mister Angst?* (2008) und zuletzt *Der Ministerpräsident* (2010) – nominiert für den Deutschen Buchpreis. Sein Werk besteht vorwiegend aus erzählender Prosa, die häufig einen Hang zum Satirischen, aber auch zum Tragikomischen aufweist. In den letzten Jahren verfasste er Bühnenversionen seiner Prosatexte sowie eigenständige Theaterstücke, die an zahlreichen Bühnen in Deutschland und Österreich aufgeführt wurden.
www.joachimzelter.de

Redaktion   Karin Osbahr

Grafische Gestaltung des Umschlags   KOMA AMOK

Grafische Gestaltung und Satz   Stefanie Langner

Herstellung   Christine Emter

Schrift   Adobe Caslon Pro, News Gothic MT Std

Papier   Fly 04 hochweiß, 100 g/m²

Druck und Buchbinderei   CPI – Clausen & Bosse, Leck

© 2011 Hatje Cantz Verlag, Ostfildern, Autorinnen und Autoren

Erschienen im
Hatje Cantz Verlag
Zeppelinstraße 32
73760 Ostfildern
Tel. +49 711 4405-200
Fax +49 711 4405-220
www.hatjecantz.de

ISBN 978-3-7757-2801-0

Umschlagabbildung
Salvador Dalí, *Hummer – oder aphrodisisches Telefon,* 1936
© Salvador Dalí, Fundació Gala-Salvador Dalí/VG Bild-Kunst, Bonn 2011

Fotonachweis
Autorenarchiv/Schleyer, Berlin S. 121, 123
Jürgen Bauer, Leidersbach S. 124
Yvonne Berardi S. 125
Bildarchiv Verlag Klaus Wagenbach, Berlin S. 122
Juliane Henrich, Berlin S. 120
Peter Peitsch/peitschphoto.com, Hamburg S. 119

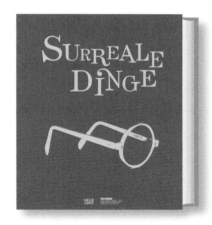

»Der Surrealismus…
ist ein Mittel zur totalen Befreiung des Geistes.«

André Breton

Surreale Dinge
Skulpturen und Objekte von Dalí bis Man Ray

Hrsg. Ingrid Pfeiffer, Max Hollein

280 Seiten, 395 Abbildungen,
Velourseinband mit Silberprägung
€ 39,80
ISBN 978-3-7757-2768-6

Hatje Cantz Verlag, Ostfildern
www.hatjecantz.de